Friedrich von Hagedorn

Versuch einiger Gedichte

Friedrich von Hagedorn

Versuch einiger Gedichte

ISBN/EAN: 9783743609693

Hergestellt in Europa, USA, Kanada, Australien, Japan

Cover: Foto ©Andreas Hilbeck / pixelio.de

Manufactured and distributed by brebook publishing software
(www.brebook.com)

Friedrich von Hagedorn

Versuch einiger Gedichte

DEUTSCHE LITTERATURDENKMALE
DES 18. JAHRHUNDERTS
IN NEUDRUCKEN HERAUSGEGEBEN VON BERNHARD SEUFFERT

10

VERSUCH

EINIGER

GEDICHTE

VON

F. v. HAGEDORN

HEILBRONN
VERLAG VON GEBR. HENNINGER
1883.

Als frühreifer Knabe begann Hagedorn bereits zu dichten und seine stammelnden Versuche, deren Entstehung er selbst XIII 69 ff. unserer Sammlung köstlich beschreibt, beförderte sein Vater frischweg zum Drucke. Als er die Jenenser Universität bezog, war er schon im Kreise der heimischen Schriftsteller nicht ganz unbekannt. Er steht mit Chr. F. Weichmann, dem Herausgeber des Sammelwerkes 'Poesie der Niedersachsen' im Briefwechsel, er lässt sich einige Übersetzungen und eigne Gedichte, die er zu Hause liegen hatte, kommen, um sie auszubessern und dessen Beurteilung zu unterwerfen (8. Juli 1726), übersendet ihm diese am 25. Oktober 1726 mit den neu entstandenen Stücken und lässt am 18. November, sowie am 3. Februar 1727 neue Stücke nachfolgen. Schon damals forderte ihn der Professor der Politik an der Universität Jena und Vorstand der deutschen Gesellschaft daselbst, Gottlieb Stolle, der sich als Dichter Leander von Schlesien nannte, zu einer Sammlung seiner Dichtungen auf. Dieser ist der 'gelehrte Schlesier', dessen die Vorrede Erwähnung thut, der schon 'vor zweyen Jahren' mit seinen 'Kleinigkeiten die Welt zu beschweren gedachte' (S. 6). Damals leistete Hagedorn der Aufforderung keine Folge. Erst im Frühjahr 1729 entschloss er sich dazu auf Anraten seines früheren Lehrers, Joh. Georg Hamann, eines geborenen Lausitzers (1694—1733), der damals als Journalist in Hamburg lebte (Lex. der Hamburg. Schriftsteller III 78). Die Vorrede ist vom 4. April aus Hamburg datiert. Am 29. April bereits konnte das XXXIV. Stück der 'Niedersächsischen Neuen Zeitungen

a*

von gelehrten Sachen' in einer sonst unbedeutenden
Notiz mit Stolz auf den neuen Dichter hinweisen, 'der
die Zahl der guten und reinen Niedersächsischen Poeten
vermehret.' Zugleich wurde hier der Dichter ausdrücklich mit Namen genannt (Mitteilung Redlichs).

Titel und Vorrede heben es hervor, dass wir ein
Produkt aus des Dichters 'Nebenstunden' vor uns haben;
das Wort kehrt auch, im Texte IX 184 wieder. Er
sieht die Poesie als die höchste Lust seiner freien Zeit
an, er hält es für nützlicher, rühmlicher und angenehmer, sich der Poesie in Nebenstunden zu befleissigen,
als bei dem zeitverderblichen Bierschwelgen ein neues
Mitglied der Gesellschaften der Estravaganti oder Spen-
sierati abzugeben (an Weichmann 25. Oktober 1726,
womit die Vorrede 3, 18 ff. zu vergleichen). Mit
dieser Ansicht steht er ganz auf dem Boden der Dichter
des 17. Jahrhunderts, denen Titel wie 'Poetische Nebenstunden', 'Poetische Nebenwerke', 'Vermischte Neben-
arbeiten', 'Akademische Nebenstunden' etc. ganz ge-
läufig sind. Die Bostel und Hunold sind Hagedorns
Vorläufer, Canitz sein mehrfach gepriesenes Muster;
Besser, Pietsch, König, aber auch Günther und Gottsched
werden genannt; Brockes war ihm von Jugend auf ein
naheliegendes Vorbild. Beschreibende Gedichte in des
letzteren Manier sind Nr. II und XII, Aufzählungen
wie VIII 11 ff. verraten auch sonst seinen Einfluss,
schon das Motto zu Nr. II beweist uns, dass auch
Hagedorn an Marino sich herangebildet hat; die Ge-
legenheitsgedichte, worunter drei in fremdem Namen (I,
X, XIV), zeigen den adeligen Dichter auf den Spuren
der sächsischen Hofpoeten; in der Übersetzung Lucans
Nr XV, welcher das erfundene 'Schreiben der Cleopatra an den Caesar' Nr. XI anzureihen ist, wetteifert
er mit V. L. v. Seckendorf (1695). Daneben fehlt es
nicht an Zügen, die den späteren Hagedorn ankün-
digen. Das Lied am Schlusse von Nr. XII, An Doris
Nr. XIV lassen den Dichter ahnen, der im leichten Liede

es zu einer seltenen Virtuosität bringen sollte. Die Ode
'Der Wein' Nr. III weist trotz ihrer Langatmigkeit
und trotz dem schweren Rüstzeug von gelehrten Anmerkungen, in dem sie heranschreitet, auf seine zahl-
reichen Weinlieder hin. Vor allem aber sind die Satiren
für Hagedorn charakteristisch. Hier liegen die Keime
und Anfänge seiner berühmten Lehrgedichte; hier können
wir verfolgen, wie er sich allmählich aus halb unverständ-
lichem Schwulst und Bombast zur Reinheit und Klarheit
emporarbeitet. Horaz wird von allen Dichtern am
häufigsten in Mottos und Anmerkungen herangezogen; Ho-
razische Lebensweisheit, die ihn erst mit dem Tode ver-
liess, klingt uns schon aus seiner ersten Sammlung entgegen. Einfluss der englischen Litteratur zeigt sich
noch nicht. Der Dichter ist ganz an französischen
Poetiken und französischen Mustern gebildet: Boileau
und Corneille werden citiert; der Alexandriner überwiegt über die anderen gereimten Versformen; am
Schlusse steht, wie in der zweiten Auflage von Hallers
Gedichten mehrere ähnliche Versuche, ein französisches
Sonnett. Und ebenso fehlt jeder Ansatz zur Fabel und
Erzählung. Das eigenste Gebiet seines Talentes hat
der Dichter noch nicht entdeckt.

So mengt sich altes und neues in der Sammlung
durcheinander, wie in Hallers 'Versuch schweizerischer
Gedichten', der drei Jahre später erschien. Alle Unter-
schiede und Ähnlichkeiten, die Haller selbst in dem be-
kannten Briefe an Gemmingen (Gedichte hg. von Hirzel
S. 397 ff.) später hervorhob, lassen sich in den An-
fängen beider bereits erkennen. Der schweizerische und
der niedersächsische, der süd- und norddeutsche Dichter
stehen einander hier schon gegenüber. Hagedorns reine
zierliche Sprache kontrastiert mit Hallers Ungelenkigkeit
und dialektischer Färbung. Beide versuchen sich in
Oden, beide in Satiren. Hagedorn schwingt seine Geissel
mehr in der launigen Art des Spötters Rabener, Haller
lässt sie mit wuchtiger Hand auf die getroffenen nieder-

fallen. Ist die innere Geschichte von Bern ein unumgängliches Erfordernis für das wahre Verständnis von Hallers Satiren, so dürften sich bei Hagedorn bestimmte porträtähnliche Züge in seinen Gestalten kaum nachweisen lassen. Haller tritt in seiner ersten Sammlung ungleich reifer, männlicher, zielbewusster auf, er hat seine berühmtesten und besten Gedichte schon hier geliefert: Hagedorn hat kein Gedicht im Mittelpunkte stehen, das an Hallers 'Alpen' irgendwie heranreichen könnte. Hat Haller Zeit seines Lebens an seiner ersten Sammlung gefeilt, so glaubte hingegen Hagedorn, diese unvollkommenen Früchte seiner Jugend ganz hinter sich lassen zu müssen. Am 23. Juni 1745 schreibt er an Gleim: 'Was meine poetischen Uebereilungen vom Jahre 1729 betrifft, so wird mir solche Niemand sehr verargen, der da weiss, dass sie auf Einrathen eines zweideutigen, nunmehr verstorbenen, Freundes, gleich nach meiner Rückkunft von der Universität, unter die Presse gerathen sind. Indess sind sie so beschaffen, dass ich nur zu gern alle Exemplare aufgekauft und vertilgt hätte.' (Werke IV 35 ff.) Und fast gleichlautend ist eine Stelle in dem Vorbericht zu seinen 'Moralischen Gedichten' (Hamburg 1750): 'Vor mehr als zwanzig Jahren habe ich meine unvollkommensten Gedichte herausgegeben. Dieses geschahe, wie verschiedene noch wissen, auf Antrieb eines unzuverlässigen Rathgebers, der, schon damals, seine guten Eigenschaften überlebt hatte. Ich bereue diese jugendliche Uebereilung, und über das unwürdige Daseyn solcher Erstlinge kann mich nichts beruhigen, als die Hoffnung, dass billige Leser mich daraus nicht beurtheilen werden.' Er hatte anfangs eine entschiedene Abneigung gegen das Feilen und Umarbeiten; er habe bemerkt, schreibt er an Weichmann 25. Okt. 1726, 'dass das viele Ausbessern demjenigen lebhaften Feuer, worauf das Salz und die Höhe der Gedanken beruht, oft mehr schadet als nutzet.' Er konnte nicht

begreifen, 'wie die muntre Lebhaftigkeit eines feurigen
Geistes mit der weichherzigen Furcht eines kleingläu-
bigen Sylbenzerrers sich vergleichen lasse.' (Werke V 6).
Die Jahre änderten diese Ansicht. Er meinte doch in
einigen Gedichten der Jugendsammlung brauchbares
Material zur Umarbeitung gefunden zu haben. 'Nie-
mals — schrieb er am 3. Juli 1742 an Bodmer —
hat ein Buch den Titel eines Versuchs mehr verdient,
als eben dieses. Es steckt so voller Fehler, dass ich
der Welt gleichsam eine öffentliche Busse schuldig, und
dabei in demselben Grade verpflichtet und ungeneigt
bin, es, meinem Versprechen nach, wieder vorzunehmen,
und zu versuchen, wie weit meine poetischen Uebereilungen .... noch zu verbessern sein werden. Ich
habe bereits einen Anfang damit gemacht, und aus den
vier und zwanzig Strophen des fünften Stücks sind die
funfzehn Strophen des Weisen entstanden.' Das Lehr-
dicht 'Der Weise' ist Hamburg 1741 erschienen und
wurde in die 'Moralischen Gedichte' S. 14 ff. aufgenommen. Die umgearbeiteten Verse V 49 — 54 bilden
dort die erste Strophe, dann folgen Vers 25—32; die
darauffolgende Stelle gegen die 'Krämer' ist schon neu
eingefügt; V 61 — 64 liessen sich mit dem Gedanken
der 4. Strophe vergleichen; Strophe 5 und 6 weichen
ganz ab; Strophe 7 benutzt Wendungen aus V 19 f.
und 90, Strophe 8 aus V 42 und 93; Strophe 9
deckt sich mit V 121 — 126; Strophe 10 mit V 115
— 120; Strophe 12 lehnt sich teilweise an V 103 — 109
und 127—132 an; spitzt sich aber der Schluss des
älteren Gedichtes zu einer einfachen Lebensregel zu, so
malen die letzten Strophen des Lehrgedichts den Tod
des Weisen mit dem Ausblick auf die Ewigkeit aus.
Aber noch ein zweites Gedicht der späteren Sammlung
ist im Keime in Nr. V enthalten. Jene Partieen des
Gedichts 'Glückseligkeit', welche nach Art von Hallers
'Alpen' das 'Glück der Niedrigen' verherrlichen, 'der
Schnitter und der Hirten, Die sich in Flur und Wald,

in Trift und Thal bewirthen, Wo Einfalt und Natur, die ihre Sitten lenkt, Auch jeder rauhen Kost Geschmack und Segen schenkt' (Moralische Gedichte S. 31—34), sind nur eine weitere Ausführung der Verse 37—48 in Nr. V. Man vergleiche S. 32 'Es schleicht der echte Schlaf den Federpfühl vorbey, Ist falschen Städtern falsch und treuen Bauren treu' mit V 40; 'Wo noch des Landmanns Mund, nach Art der alten Welt, Frucht, Molken, Käs und ·Schmalz für Hauptgerichte hält' mit V 37, 41; S. 33 'Man lieget, wenn noch itzt das Sprichwort gelten soll, Auf guten Betten hart, auf harten Betten wohl' mit V 39; das 'grobe Wamms' S. 33, den 'Kittel' S. 34 mit den 'Fellen' V 37; den 'Purpur', den 'üppigen Genuss' mit V 38; 'Ist auch ein rauschend Glück von schweren Bürden frei' mit V 42.

Aus Nr. VIII 'Satyre von dem unvernünftigen Bewundern' ist ein Bruchstück Vers 47—84, ziemlich stark überarbeitet, in das 'Schreiben an einen Freund' (Moralische Gedichte S. 42—60) episodisch aufgenommen, von S. 50 'Wie dürftig prangt ein Herr, den nur sein Thron erhebt' bis Ende S. 51. Die übrigen Teile der beiden Gedichte haben nichts miteinander zu thun.

Das dritte umgearbeitete Gedicht ist Nr. III 'Der Wein', welches einzeln Hamburg 1744 ausgegeben und in der Sammlung 'Oden und Lieder' Hamburg 1747 an den Schluss gestellt wurde, welchen Platz es noch in den Werken einnimmt. Auch hier sind die Strophen gänzlich verworfen worden, so dass durch einen kritischen Apparat sich ein Bild der Umarbeitung nicht geben lässt. Ich suche das Verhältnis durch ein Schema zu vergegenwärtigen:

	1729			Werke III 145 ff.
Strophe	1	=	Strophe	1
„	2	=	„	fehlt
„	3	=	„	2
„	4—15	=	„	21—33
„	16	=	„	fehlt
„	17—19	=	„	8—10

1729		Werke III 145 ff.
Strophe 20	=	Strophe fehlt
„ 21—25	=	„ 11—15
„ fehlt	=	„ 16—20
„ 26—30	=	„ 3—7
„ 31—32	=	„ fehlt
„ 33	=	„ 34

Auch im einzelnen ist das Gedicht den reiferen An-
sichten des Dichters entsprechend völlig umgearbeitet.
Die anderen Gedichte liess Hagedorn beiseite.
Wohl findet sich in den 'Moralischen Gedichten' S.
93ff: eine Satire 'Der Schwätzer, nach dem Horaz', eine Be-
arbeitung von Sat. II 2 (zuerst Hamburg 1744); das
Gedicht hat aber mit Nr. VI unserer Sammlung nur
Titel und Stoff gemeinsam; die Ausführung ist gänzlich
verschieden. Die anderen Gedichte sind nicht wieder
gedruckt worden; nur Nr. XVI teilte Eschenburg IV
142 f. mit, der auch sonst nach Schmids Vorgang
(Biographie der deutschen Dichter II 366 ff.) die Samm-
lung unter reichlicher Anziehung von Proben besprach
IV 31 f. In unserem Jahrhundert hat sie nur Dr. Karl
Schmitt in Hennebergers Jahrbuch für deutsche Lit.-
Gesch. 1855 S. 71 ff. näher betrachtet.

Unser Abdruck gibt den Wortlaut des Originals
nach dem Exemplar der königlichen Bibliothek in Berlin
genau wieder; nur dass bei der Übersetzung aus Lucan
S. 112 ff. der lateinische Text als überflüssig weggelassen
wurde. Die Druckfehler, welche der Dichter selbst in
der Vorrede und am Ende des Werkchens namhaft
machte, wurden berichtigt; er hat dem Leser ausser-
dem noch genug zn 'verzeihen und ändern' übrig gelassen. Die Verwechslungen von a und ä, a und e, b
und b, c und ç, c und e, è und e, e und i, f und ſ,
h und h, u und n, u und ü, t und r wurden stillschweigend beseitigt. Ferner wurde gebessert in der
Vorrede: S. 12 Z. 32 avoions aus avoiions | in den
Mottos der Überschriften S. 45 Z. 5 miratur aus miran-
tur | S. 75 Z. 12 leves aus leveis | in den Anmerkungen:

S. 24 Z. 8 Jnber aus Jnben | S. 32 Z. 11 Joh. aus
Joh | S. 32 Z. 12 Histor. aus Histor | S. 33 Z. 3 ben
aus bem | S. 65 Z. 27 poetifirenberes aus poetifirenbes |
S. 77 Z. 21 135. aus 135, | endlich im Texte: Nr.
I Vers 56 wenben aus weiben | III 14 Enckel ans Eckel |
V 124 vorgefagt, aus vorgefagt | VI 14 ihm aus ihn | IX
107 Schwarm aus Schaum (vgl. XII 10; IX 200) | X 1
ber aus unb (vgl. X 41) | X 14 fchränckte aus fchränckt |
XI 10 hören, aus hören. | XII 283 fchmückt, aus fchmückt. |
XIII 85 ab, aus ab. | XIV 66 verbammen. aus verbam=
men | XV 41 glückt, aus dem sonderbaren g'lückt, | Kon-
jekturen wurde nicht Raum gegeben, obwohl einige
Stellen dazu herauszufordern schienen. Die poetischen
Citate wurden so weit als möglich verglichen. Das
auffallende 'Küh' aus Menanders Sammlung S. 65 Z. 34
steht, wie mir Herr Dr. Isler gütigst mitteilte, so im
Original; ob es dort ein Druckfehler sei, lässt sich nicht
ausmachen. Das ziemlich naheliegende 'Kühl' dafür
einzusetzen (vgl. Deutsches Wörterbuch V 2557, E. v.
Kleists Werke I 191), habe ich nicht gewagt.

Liebegottesgrube bei Rossitz,
Weihnachten 1882.

August Sauer.

Inhaltsverzeichnis.

F. von H.

Versuch

einiger

Gedichte,

oder

Erlesene Proben

Poetischer

Neben-Stunden.

[Vignette.]

HAMBURG,
bey König und Richter, 1729.

HORATIUS SATYR. L IV.

ECCE !

CRISPINUS MINIMO ME PROVOCAT: ACCIPE, SI VIS,
ACCIPE JAM TABULAS. DETUR NOBIS LOCUS, HORA,
CUSTODES: VIDEAMUS UTER PLUS SCRIBERE POSSIT.

DÎ BENE FECERUNT, INOPIS ME, QUODQUE PUSILLI
FINXERUNT ANIMI RARÒ ET PERPAUCA LOQUENTIS.

Vorrede.

Geneigter Leser!

ES wird diesem Buche, wie allen andern Schrifften,
ergehen: es wird gelobet und getadelt, beydes von Kennern
und Unverständigen gelesen, und so wol von Unpartheyischen 5
als Partheyischen beurtheilet werden. Wie ich mich aber
der noch zur Zeit unerfundenen Gabe nicht rühme, ver=
mittelst welcher ich allen, und so gar übelgesinnten Lesern
gefallen könnte: so dürfen auch diese letztere von mir keine
Niederträchtigkeit allhier erwarten, noch glauben, daß ich, ihren 10
Macht=Sprüchen zu ent=[IV]gehen, und ein so vielköpfigtes,
doch nicht selten ungehirntes Thier zu besänftigen, meine
Zuflucht zu den Kunstgriffen abgeschmackter Selbst=Verachtung
nehmen wolle. Vielleicht sind .sie nicht so untrieglich, noch
so fürchterlich, als sie sich zu seyn einbilden, und vielleicht 15
ist auf erforderlichem Falle meine Unschuld sinnreich genug, um
gegen unglimpfliche Richter sich einiger maassen zu rechtfertigen.

Doch wird man mir am wenigsten verübeln, daß ich
meine Neben=Stunden und die Zeit, in welcher sich andere
an ihren Matadoren oder vollen Stutzern vergnügen, auf 20
die Poesie, das ist auf einen Zeit=Vertreib verwandt, den
die von Logau, von Ilgen, von Canitz und von
Besser bey ihren wichtigen und häuffigen Geschäfften nicht
unangenehm noch unanständig befunden, und aus dem die
Stärcke der Sprache und des Ausdrucks, die Fähigkeit, 25
schön und richtig zu gedencken, die Verbesserung des Witzes
und der Einbildungs=Krafft, die Entdeckung der Aehnlich=
keiten der Dinge, und endlich das Vergnügen, sich, ohne des
Nechsten Schaden und Aergerniß zu belustigen, unstreitig

1 *

einen [V] grossen Zuwachs erhalten kann. Der Mißbrauch
der Dicht=Kunst, die moralische Fehler einiger Poeten und
die Menge derjenigen, so sich heutiges Tages dieses Nahmens
anmaassen, werden der Poesie mit Unrecht vorgeworffen, denn
5 sie benehmen ihrem Wehrte nicht das geringste. Sie ist jeder=
zeit von den grössesten Leuten hochgehalten worden, und eine
kräftige Gehülfin der Beredsamkeit gewesen. Es ist ver=
wegen und thörigt, eine Kunst zu verachten, der wir so
viel gutes zu dancken haben. Diejenigen eifern umsonst,
10 welche das Dichten brobloß und daher verwerfflich heissen.
Es verräth sie die pöbelhafte Sprache des Eigennutzes, und
sie setzen den unerwiesenen Satz voraus, daß nur dieses
lobenswehrt sey, und erlernet zu werden verdiene, was ein=
träglich ist, und Vortheil bringet. Gerade, als ob denen
15 Wissenschaften, ohne Ausnahme, der Scheide-Brief gebührte,
die nicht zusehens und sichtlich bereichern können. Wie
wünschte ich, diese Aufbürdungen und Anklagen in ihrer
Schande und Belachenswürdigkeit bloß zu stellen, und wie
betaure ich, daß die Enge des Raums mir solches unmöglich
20 macht! Inzwischen kan ich meinem Leser des Abts
Massieu wolausgeführte Ver= [VI] theidigung der
Poesie*) anrühmen, und mit Recht versichern, daß in dieser
Schutz=Schrift eine hinlängliche Beantwortung alles desjenigen
enthalten, was Unverständige der Dicht=Kunst und den Dichtern
25 gemeiniglich vorzurücken pflegen.
Man muß dir aber von gegenwärtigen Blättern Rechen=
schaft geben, vernünftiger Leser! Ich weise mich dir,
als einem Richter, vor dem ich mich verantworten soll, dessen
Urtheil ich jedoch so wenig abzulehnen oder zu bestreiten ge=
30 sonnen bin, daß ich mich vielmehr dem Bedencken kluger
Kenner gerne unterwerffe, und die Erinnerungen grosser
Meister für einen Vortheil halte, der meiner Feder eine ge=
wisse Richtschnur und meinem Geschmacke eine zuverlässige

---

*) Es ist solche im britten Theile der Memoires de Littera-
35 ture der Königlich=Französischen Academie des Insriptions et
belles lettres p. 210—245 enthalten, und von mir ins Teutsche
übersetzet, mithin zur gelegentlichen Ausgabe fertig gemacht worden.

Beyhülffe seyn wird. Muß ich gleich zum Voraus diejenigen abweisen, von denen ich überführet bin, daß sie die Stärcke ihrer gro=[VII]ben Bosheit auf partheyliche Verkleinerung meiner Arbeit verwenden werden; so will und kan ich dennoch keinen scharffinnigen Geist, der mir Fehler zeigen mögte, 5 hieburch beleibiget, keinen Freund, der mir seine Einwürffe gönnen würde, abgeschrecket haben. Ein jeder, der mich mit Vernunft und Bescheidenheit tadelt: ein jeder, der mir zu entdecken weiß, warum ich ihm mißfalle, verbindet mich in der That zur aufrichtigen Danckgeflissenheit. Ich verhülle 10 mich in keine leichtsinnige Ausflüchte, und, wie ich nichts ohne Überzeugung zugeben werde, so will ich auch niemand mit Ungrund wiedersprechen. Es ist pedantisch, mit unruhiger Zanckfucht sich in alle Schlupf=Winckel zu verkriechen, um im Fehlen=können weniger menschlich, als andere, zu scheinen. 15 Diesen schulfüchsischen Eigensinn habe ich nie an mir hafften lassen, und ich messe mir nichts bey, als dieses, daß ich in meiner Poesie Vernunft und Wahrheit zum Augenmercke ge= habt, und fremden Zierrath, schwülstige Gedancken und falsche Schönheiten vermeiden wollen. Wie ich meinen Zweck er= 20 reichet, mögen andere entscheiden. Aus benen vor Augen liegenden Proben werden sie meine Kräffte leichtlich erkennen, und [VIII] das Mißtrauen, so ich in sie setze, durch ihre Beurtheilung vermindern, oder vermehren können.

Eben dieses Mißtrauen hat den Entschluß, etwas von 25 meinen Gedichten durch den Druck bekannt zu machen, bis= hero immer bey mir hintertrieben. Ich habe auf das sorg= fältigste eingesehen, wie viel die Vollkommenheit eines ge= schickten Aufsatzes erfodert, und daß wir uns der Nachwelt, als einer Richterin, zeigen, die unerbittlich, und nicht weniger, 30 als die jetzigen Zeiten, über uns zu erkennen, berechtiget ist.

An Stümpern fehlt es nicht: allein ich seh und weiß,
Wie viel Verstand, und Zeit, und Kunst, und Geist, und Fleiß
Ein gründlich Werck begehrt, das Kluge lüstern machen,
Des Purpurs würdig seyn, der Richter Neid verlachen, 35
Und ewig dauren soll.

Günther.

Die Anmuht mit der Tieffsinnigkeit, das Feuer mit der
Ordnung und Reiffe, die Schönheit wohlgewählter Worte
mit der Schönheit neuer Gedancken, die Natur mit der Kunst
zu verbinden, und hiebey Abwege und Aus=[IX]schweiffungen
zu vermeiden, schiene mir jederzeit nichts geringes, und meine
Eigen=Liebe war nie leichtgläubig genug, um sich mit der
süssen Einbildung zu schmeicheln, daß ich diese Stuffen würck=
lich beschreiten können. Je seltener ich in dergleichen Be=
trachtungen mit meiner Schreib= und Dicht=Art zufrieden
war: je seltener durfte ich auch die Feile ruhen, und den
mir vorkommenden Anstoß heben lassen. Meine Muse muste
bey ihrem Mangel den wortreichen Uberfluß so vieler teutschen
Pelletiers beneiden, denen ihre eilige Gebuhrten weniger
Wehen, als Frohlocken, veruhrsachen, und mehr Dinte, als
Zeit und Nachsinnen, kosten. Freunde, die mir die Aus=
gabe meiner Poesien anriethen, wurden von mir für Ver=
führer angesehen, und ich vermogte vor zweyen Jahren den
Vorschlägen eines gewissen gelehrten Schlesiers noch nicht Platz
zu geben, der mit meinen Kleinigkeiten die Welt zu beschweren
gedachte.
    Habe ich aufgehöret, so schüchtern, wie sonst, zu seyn:
habe ich mich bewegen lassen, mit einigen Gedichten hervor=
zurücken; so ist es keinesweges aus eitler Ruhm=Begierde,
wol aber aus dem hoffentlich unta=[X]delhaften Fürwitze ge=
schehen, nach der geneigten oder widrigen Aufnahme dieser
Proben mit Grunde zu erforschen, ob und wie weit ich in
dem Versuche meiner Poesie glücklich gewesen. Wir leben
zu einer Zeit, da man keinen Fehler unangemerkt begehen,
noch die Gesetze der Wahrheit ungestraft verletzen darf. Diese
lobenswürdige Freyheit gereichet dem guten Geschmacke zum
unschätzbaren Vortheile, und es wird, vermöge ihrer, vielen
Unrichtigkeiten die Larve abgerissen, die man vielleicht sonst
für regelmässige Muster angenommen hätte. Sie ist von
unsäglichem Nutzen, und ich muß es ihrem ersprießlichen
Gebrauche verdancken, daß man sonder Zweifel meiner nicht
verschonen, und alles, was ich schreibe, möglichst untersuchen
und prüfen wird. Meine poetische Erstlinge begehren also

beſcheidenen und geſchickten Tadlern nicht zu entfliehen. Sie wünſchen ſich nicht von andern eine gröſſere Gelindigkeit, ein zärtlicheres Nachſehen, als ich ihnen ſelbſt zugeſtanden. Ich untergebe ſie demnach auch den critiſchen Augen, und kan (ohne mit meinem Leſer in dieſer Vorrede complimen= 5 tiren zu mögen) die Verſicherung aufrichtig wiederholen, daß ich mich zwar an hämiſchem Klügeln nicht [XI] kehren, doch aber vernünftige Urtheile mit Vergnügen abwarten wolle.

Es wird mir erlaubet ſeyn, dieſen Erinnerungen einige Nachricht von den hier vorkommenden Stücken folgen zu 10 laſſen. Ich theile, wie man ſiehet, fünf von meinen Oden mit. Sie haben ſich nach ihrem Inhalt richten, und alſo freylich unterſchieden ſeyn müſſen. Und daher würden die= jenigen thörigt handeln, welche die freye Lyriſche Schreib=Art nach dem Maaß=Stabe des Schul=Witzes abzirckeln, und 15 eine unveränderte Gleichförmigkeit von derſelben fodern wollten. Von dem eigentlichen Weſen der Schönheit laſſen ſich keine durchgängige Regeln geben. Es zeiget ſich von ſelbſt, und gefällt, ſo bald es ſich gezeiget. Es iſt verwegen, mit kaltſinnigem Gemühte, mit einer ſchläf= 20 rigen Unempfindlichkeit von Wercken zu urtheilen, die mit aufgewecktem Geiſte geſchrieben worden. Das Leben einer Ode beſtehet, wo ich nicht irre, in dem ſtarcken Feuer, welchem eine ungebundene Freyheit die beſte Nahrung ertheilet. Sie muß ein Original vorſtellen, das zwar die Aehnlichkeit beob= 25 achten, dennoch aber kein gekün=[XII]ſteltes Nachgemählde ſeyn ſoll. Es iſt der Poet von einem eintzigen Gegenſtande gantz eingenommen; er erblicket, er betrachtet, er kennet nichts, als ſolchen allein. Sein Hertz gewinnet eine eifrige Liebe zu einer gewiſſen Sache, und er beſinnet ſich kaum, daß, auſſer 30 dieſer, noch andere Dinge vorhanden. Eine ungemeine Ge= walt bemeiſtert ſich ſeiner Seele: ein auſſerordentlicher Trieb führet, oder reiſſet ihn vielmehr auf neue Wege. In dieſem ſo glücklichen Augenblicke durcheilen ſeine Gedancken Welt, Natur, Zeit und Geſchichte: denn nichts hält ſie auf, 35 nichts giebt ihnen Geſetze. Alles ſtehet ihm zu Gebote: alles eilet einem dergeſtalt gerührten Geiſte entgegen und

befördert die Lebhafftigkeit seiner weitaussehenden Einbildungs=
Krafft. Diese unwidertreibliche Empfindung, die den Dichter,
und durch ihn den Leser selbst beherrschen muß, ist die beste
Richtschnur einer Ode, und übertrifft die Regeln, so ihr
5 jemahls zur Fürschrifft gestellet worden. Ich sage mehr: Die
Unmöglichkeit, beym Auffatze derselben sich durch diesen Zwang
einschränden zu lassen, hat unstreitig den grössesten Antheil
an dem Etwas, das zur wesentlichen Eigenschafft eines Lyrischen
Dichters gehöret, und man [XIII] besser empfinden, als be=
10 schreiben kan. Aufgeblasene Einfälle, schwülstige und (wann
ich diesen Ausdruck wagen darf) gleichsam strotzende Redens=
Arten entfernen sich sehr weit von dieser ungeschminckten
Hoheit. Und eben deßwegen ist sie den wenigsten gegeben,
weil nicht viele ein wildes und sinnreiches Feuer gebührend zu
15 unterscheiden, und auszuschweiffen gelernet, ohne sich zu versteigen.
Das grössesste Kunst=Stück eines Dichters bestehet hierin,
daß er uns nach Gefallen lenden und aufmercksam machen
kan. Er muß würckliche Dinge so lebhafft·und vollständig,
selbsterfundene aber so natürlich und wahrscheinlich vorzu=
20 stellen wissen, daß man jene zu erbliden meynet, und diese
zu sehn und zu begreiffen glaubet.*) Ja er muß, was die
letzteren anbetrifft, eine so schmeichelnde Einbildung, wann
er will, erweden, daß wir zu bereuen veranlasset werden,
wann die folgende Gedanken die ersteren widerlegen. Wir
25 müssen bey Entdeckung der Wahrheit den Verlust un=[XIV]sers
Irrthums nur mit Mühe und empfindlichem Verdrusse ver=
schmertzen.**) Mit einem Worte, man muß dem Poeten nicht

*) s. Longinum de Sublimi t. im XIII. Cap. lo Bossu,
Traité du Poëme Epique L. III. c. 7. 8. L. V. c. 4.
30 **) Wir haben hievon ein Beyspiel an dem Argier, dessen
Horatius Epist. II. 2 erwehnet. Dieser verfiel auf die angenehme
Narrheit, daß er den schönsten Lust=Spielen beyzuwohnen, und die
vollstimmigste Music anzuhören glaubte. Seine Freunde vertrieben
ihm endlich diese wahnwitzige Einbildung, aber er wuste ihnen
35 keinen Danck für solche Gutthat. Seine Thorheit ward mit grösserem
Vergnügen angefangen, als geendigt:
— — — Pol! me occidistis, amici,
Non servastis, ait; cui sic extorta voluptas
Et demtus per vim mentis gratissimus error. v. 138.

widerstehen können, uub ihm willig folgen, wohin er uns
führet. Da nun hiezu das Unerwartete in gewissen
Umständen noch mehr, als das Wahre selbst, beyträget; so
halte ich es insonderheit in einer Ode erlaubt zu seyn, durch
schöne Erdichtungen,*) ein Meister des Lesers zu werden, 5
sollten selbige auch auf die sonst unbrauchbare Fabeln des
Alterthums fussen. Denn diese Freyheit wird der Ode wohl
unverboten bleiben, da man deren bescheidenen Gebrauch in
Schau-Spielen, Sinn-Schrifften, Helden= und [XV] Sing=
Gedichten zu verstatten gewohnt ist, und, sonder Vorurtheile, 10
das Falsche von dem Erdichteten behutsam unterscheidet.
Diese, bevoraus die letztere Gründe, haben mich bewogen,
die Ode vom Wein unzerstümmelt herzusetzen, und ich führe
sie itzt an, um meinen Lesern den von mir erdichteten Auf=
zug des Bacchi erträglich zu machen. Ich habe solchen 15
dem Feuer des ersten Aufsatzes zu dancken, doch schiene er
mir bey genauer Untersuchung verwerfflich, weil vielen vor
diesen altheidnischen Ideen eckeln dürffte. Zwar mangelten
mir keine Beweise, die von mir genommene Freyheit allen=
falls zu entschuldigen: wie ich aber in Genehmhaltung meiner 20
Arbeit meine Stimme gerne die letzte seyn lasse; so muste
auch hier das Gutbefinden anderer in diesem Zweifel den
Ausschlag, und meinem noch ungewissen Entschlusse das Gewichte
geben. Und da war dann die Stelle, welcher ich den Abschied
zudachte, eben diejenige, die man am meisten damit verschonen 25
wollte, und sie gefiel, gegen Vermuthen, verschiedenen, die
in der That zu vollkommene Proben ihrer Einsicht abgeleget,
um sich über eine Sache mit Ungrund zu erklären. Ich
hieß den Wein-Gott also [XVI] nicht abziehen, und bemerckte
nachher mit Vergnügen, daß ich desfalls entweder gar nicht 30
anzuklagen sey, oder der berühmteste Dichter die Helfte meiner
Schuld auf sich nehme. Ein Epicureer und offenbahrer
Spötter des Aberglaubens, parcus Deorum cultor

---

*) Bella falsitas, plausibile mendacium, et ob eam causam
gratissimum, quod excogitatum solerter et ingeniose. Va- 35
vassor L. de Epigr.

et infrequens,*) Horatius selbst, der doch seiner Hoheit
keinen falschen Anstrich anklebte, trägt kein Bedencken, eine
Erscheinung des Bacchi zu dichten,**) und die Gemühter
durch diese unwahrscheinliche Erfindung zu [XVII] gewinnen.
5 Es geschahe solches zu den Zeiten des Kaysers Augusti, da
die Klügsten das wunderbare Nichts der heidnischen Religion
zum Werckzeuge der Gewalt und Staats-Kunst gebrauchten;
Einfältige hingegen von der Schönheit des Horatianischen
Meister-Stückes nicht sonderlich gerühret wurden. Hiezu
10 kommt unstreitig, daß der Poete den Lesern von solchem
Gelichter nicht zu gefallen wünschte, und am wenigsten für
den Pöbel arbeitete. Er bezeuget an vielen Orten diesen
Abscheu,***) und versichert uns zum öftern, wie er nur nach
dem besondren Geschmack erlesener Kenner, das ist, der
15 strengsten Richter, schreibe: vor welchen er dann eine so
freye Stelle zu verantworten sich nothwendig getrauen muste.
Um hiernechst meiner Satyren zu gedencken, wovon ich
dieser kleinen Sammlung einige zum Vorschmacke einverleibet,

*) So nennet sich Horatius selbst Carm. I. 34. welches
20 Sturm auf sich soll gedeutet haben, woferne man in der XII. Oeff-
nung des neu-eröffneten Musæi pag. 1066. ihm nichts falsches
aufbürdet. Sonst ist aus des ersten Buches achten Satyre vom
Pan gnugsam ersichtlich, wie viel der Römische Dichter von seinen
Göttern gehalten.
25 **) Siehe die 19. Ode des andern Buches, welche de la Motte
in seinen Oden p. 162. sehr wol übersetzet. Man siehet aus diesem
Meister-Stücke, wie weit sich eine starcke Einbildungs-Krafft treiben
lasse, und wie eine wolgerathene Erdichtung in der Poesie dem
trocknen Wahren vorzuziehen sey. Ein Scribent, dessen guten Ge-
30 schmack alle bewundern, urtheilet hierüber mit folgendem so zier-
lichen, als überzeugenden Vortrage. Non enim res gestæ versi-
bus comprehendendæ sunt, quod multo melius historici fa-
ciunt, sed per ambages, Deorumque ministeria et fa-
bulosum sententiarum tormentum præcipitandus est
35 liber spiritus, ut potius furentis animi vaticinatio appareat,
quam religiosæ orationis sub testibus fides &c. PETRONIUS.
***) Hievon finden sich beym Horatio vortrefliche Gedancken,
und verweise ich den Leser insonderheit zu dem, was Carm. III. 1.
Sat. I. X. 73. bis zu Ende, IV. 71. sq. VI. 14. sq. Epist. I.
40 XIX. 37. II. I. 182. anzutreffen.

und hinkünfftig noch mehre bekannt zu [XVIII] machen mich
entschliessen dürfte; so werden Vernünftige mir nicht verargen können, daß ich offenbare Thorheiten und Fehler mit
erlaubter Freyheit angreiffe. Es hat solches keine Begierde
zu lästern, noch niederträchtige Absichten zum Grunde. Ein 5
jeder, der sich lächerlich machet, giebt stillschweigend allen das
Recht ihn zu belachen: Ein jedes Laster ist, wo nicht immer
strafbar, doch gewiß und ohne Ausnahme, spottens wehrt.
Ein feindseliges Gemühte schüttet seine Galle in grobe
Schmähungen aus: Es ist partheyisch und wütet in den 10
guten Nahmen anderer. Die Satyre aber erfodert eine wirck-
liche Liebe zur Tugend, und daher entstehende Empfindlichkeit
über alles, was ihr mittelbar, oder unmittelbar zuwider ist.
Diese giebt ihrem beissenden Saltze die kräfftigste Stärcke,
und ihrer Scharffsinnigkeit denjenigen Nachdruck, vor dem 15
Thörigte zu zittern pflegen. Sie verfällt auf kein bäurisches
Schelten, auf keinen gifftigen Menschen=Haß. Sie weiß die
Laster von den Lasterhaften zu unterscheiden. Jene sind nie-
mals, diese jederzeit vor ihr sicher, und wiewol ihre Caractere
nie Abbildungen einzelner Personen seyn sollen, so fehlet 20
es ihnen doch nicht an ähnlichen Zügen, [XIX] die dem Laster
in seinen Anhängern die Gestalt zeigen und eine Scham-
röthe abjagen. So kan man demnach abgeschmackte Sitten
und ausschweiffende Mißbräuche ohne Verletzung seines Ge-
wissens striegeln, und die Satyre, welche in den alten Zeiten 25
auch die glücklichsten und angesehensten Thoren ihre Streiche
empfinden ließ, darf noch itzt übelgeartete und widersinnische
Leute schrecken, die lebendige Gegen=Beweise des Lehr=Satzes
der besten Welt abgeben und den gerechten Unwillen eines
jeden redlichen Hertzens verdienen. Ich erinnere dieses nicht 30
so wol wegen der itzt im Druck erscheinenden satyrischen
Stücken, (in welchen nichts anstößiges gesetzt und zu ungleichen
Deutungen Anlaß gegeben zu haben hoffe) als vielmehr um
derjenigen willen, so bey Fortsetzung dieser Sammlung etwan
vorkommen und durch einige lebhaffte Stellen bey übel= 35
gesinnten Lesern meine Unschuld verdächtig machen mögten:
Wenigstens werde ich nie einen Fehler mit einem andern,

noch das Laster auf eine Art bestreiten, deren die Tugend sich zu schämen hat.*)

[XX] Und dieses ist dasjenige, was ich bey der Ausgabe meiner Poesien hauptsächlich zu erinnern gefunden. Die-
5 jenigen, welche ein Buch nach seiner Dicke, und den Wehrt eines Werckes nach dem Gewichte schätzen, werden diesen Blättern sehr abgeneigt, aber auch dieses gewärtig seyn müssen, daß ich ihren Geschmack mir zu keiner Richtschnur dienen lasse. Habe ich Zeit und Musse übrig, und finde ich, daß
10 die Früchte meiner Poetischen Neben-Stunden nicht aller-dings unangenehm gewesen: so habe ich es nicht verredet, deren Sammlung weiter fortzusetzen, und dem vernünftigen Leser Gelegenheit zu geben, durch seine Beurtheilungen ihre Reiffe zu beförbern.
15 Man ist bemühet gewesen, in dem Abbrucke alle Unrichtig-keiten zu vermeiden, und eine untadelhafte [XXI] Recht-schreibung zu beobachten, in so ferne solches möglich ist, da die wenigsten von selbiger einerley Meynung hegen, und das Gehöre und die Aussprache, wegen der verschiedenen Teutschen
20 Mund-Arten, hierin nicht allezeit die Zweifel heben mag. Zu-bem weiß ich nicht, ob die Auflesung solcher critischen Stoppeln nicht ungleich grössere Mühe, als Nutzbarkeit, mit sich führe, und nicht hierin einem jeden in gewisser Maasse seine Frey-heit, ohne Nachtheil unserer Sprache, zu lassen sey. Sonst
25 hoffet man, Druck-Fehler vermieden, oder nur solche Kleinig-keiten übersehen zu haben, die der geneigte Leser leichtlich verzeihen und ändern wird, dahin ich dann diejenigen Stellen rechne, da z. E. p. 36. l. 11. verlischt, für verlöscht, p. 24. l. 20. in den Anmerckungen gefasset, an statt gefusset, p. 47.
30 l. 20. weiben, für meiden gesetzt ist.

---

*) Dieses setzet Balincourt an den alten Satyricis aus: Ju-venal, (sagt er) et quelquefois Horace même (avoions [XX] le de bonne foi) avoient attaqué les vices de leur tems avec des armes, qui faisoient rougir la vertû. Eloge de Mr. Despreaux
35 p. 47. So liessen auch die Lacedämonier die Lesung der Archi-lochischen Satyren in ihrem Staate verbieten, weil sie gar zu frey und anstößig geschrieben waren, ne plus moribus noceret, quam ingeniis prodesset. VALER. MAX. VI. 3.

Ich wünschte übrigens, daß diese Vorrede mir nicht unter den Händen gewachsen wäre, und die Besorgniß, durch deren Länge einigen Lesern verdrüßlich zu fallen, nicht der Furcht weichen müssen, unverdienten Urtheilen und Deutungen eher unterworffen zu seyn, [XXII] wann ich zu wenig, als wann ich zu viel sagte. Sollte man mir aber die Weitläuftigkeit dieses Vorberichts nicht verzeihen wollen, so werde ich hiebey so lange gleichgültig bleiben, biß ich begriffen, daß ein kleines Ubel zur Vermeidung des grösseren nicht erträglich sey.

Hamburg, den 4. April, M DCC XXIX.

Das frohlockende Rußland

Bey der Aller = Glorwürbigsten Crönung
Des
Aller = Durchlauchtigsten, Grosmächtigsten Kahsers und Herrn,

Herrn **PETRI II.**

Aller Russen Selbst = Halters, ꝛc. ꝛc. ꝛc.

wurde bey dem am 12. May 1798. in Hamburg angestellten Hochfeyerlichen
Freuden=Feste und der darauf zielenden Illumination in einem allerdemühtigsten
Glückwunsche allerunterthänigst vorgestellet

im Rahmen

Allerhöchstgebachter Seiner Kahserl. Majestät allhier residirenden
Ministers.

Grosmächtigster,

wirff deinen Blick,
In dem sich Hulb und Grosmuht reget,
Auf ben getreuen Wunsch zurück,
Der sich vor Deinem Throne leget.
[2] Bey Deiner Hoheit neuem Flor
Sucht Phoebus seinen Schatz hervor.
Er liebt, wie Du, bie Lorbeer=Reiser,
Und stimmt, so rein und starck er kan,
Vor Dich in mir den Glückwunsch an:
Gecrönter Held, Siegreicher Kahser!

Dein Glantz giebt mir das Freuden=Licht,
So mir mit Dir gebohren, wieder.
Jetzt sing' ich Dir ein Lob=Gebicht,
Wie sonst bie frohen Wiegen=Lieder.

Das Angedencken lenckt den Sinn   15
Auf jene Luſtbarkeiten hin,*)
Die Dich bei der Gebuhrt erhoben.
Ein Glücks-Stern ſchenckte Dich der Welt,
Nun kan ich Dich, Du muntrer Held,
Gekrönt, wie erſt verliehen, loben.   20

Des Mittags Vorbild zeigt ſich bald
In einer ſchönen Morgen-Röhte;
Aurorens liebliche Geſtalt
Iſt uns ein tröſtender Prophete.
Auch Deines Alters Aufgang zeigt,   25
Wie ſehr der Himmel uns geneigt
[3] Und was ſein Mittag noch verſpare.
Es ſieht die Welt in Deinem Geiſt,
Was Dir die Folge-Zeit verheiſt:
Ruhm, Seegen, Siege, Länder, Jahre.   30

Monarch,
          Du raubſt der Zeit die Macht,
Den Geiſt, der Dich belebt, zu ſtärcken
Und Neſtors reiffe Weisheit lacht
In Deiner Jugend Wunder-Wercken.
Wann ſonſt ein kluger Eduard   35
Von Albion bewundert ward,
So darf nicht hier Dein Rußland ſchweigen:
Kaum ſieht es Dich, Mein Kayſer, an,
Da es den Groſſen Petrus kan
In dem Geſalbten Enckel zeigen.   40

---

*) Die allerhöchſte Gebuhrt Seiner Kayſerlichen Majeſtät, ſo
den $\frac{12 \text{ st. v.}}{23 \text{ st. n.}}$ VIIIbr. Anno 1715. einfiel, ward von dem Hrn.
Reſidenten den 2. Decemb. st. n. in einem gegebenen Freuden-
Feſtin, und einer darauf zielenden Illumination nicht nur vor-   5
treflich gefeyert, ſondern auch in einem poetiſchen Glückwunſch:
Rußlands erfreulicher Glücks-Wechſel betitelt, die darob
geſchöpfte Freude am Tage geleget.

Des Alp oft=gescheuchter Schwarm,
Die raubend=flüchtigen Tartaren
Erzittern, Held, ob Deinem Arm
Und weichen Deinen Sieger=Schaaren.
45 Es streckt bis zum beeisten Meer
Dein Adler seine Flügel her,
Ihm muß Neptun und Tellus frohnen.
Als andrer Zeus durchfährt Dein Blitz
Des Tanais bemoosten Sitz
50 Und selbst das Land der Amazonen.

Betrachte was Dein Erbtheil ist:
Zehl', wo Du kanst, nur Deine Länder.
[4] Ein jedes, dessen Herr Du bist,
Giebt Hertzen, statt der Treue Pfänder.
55 In jedem wallt das Blut vor Dich:
Die Unterthanen wenden sich,
Großmüth'ger Held, an Dein Erbarmen.
Die Demuht liefert Dir die Cron',
Die Treue wacht um Deinen Thron,
60 Die Nohtdurft eilt zu Deinen Armen.

Wie höchstbeglückt ist nicht das Land,
Das Du, wie Dich der Himmel, liebest,
Und welchem Du durch Blick und Hand
Dort Seegen, hier Gesetze giebest!
65 Was fehlt dem neidens=werthen Staat,
So Dich zum Herrn und Herrscher hat?
Was ist, das dessen Heil verletze?
Der Morgen bricht mit Reichthum ein:
Der Mittag muß voll Fülle seyn:
70 Der Abend wehlt und sammlet Schätze.

So nimm den Scepter und das Reich,
Mein Herr, mit Seegens=vollen Händen.
Es will der Himmel Dir zugleich
Dein und der Deinen Heil verpfänden.
75 Verdruß und Unfall fliehet Dich:
Du bist dem Glücke fürchterlich,

Sein Stolz muß Deine Größe scheuen.
Es giebt, als Deine Dienerin,
Dir tief-gebückt die Stirne hin
Und will sich Deinem Wincke weihen.   80

[5] Getreues Land! umarm das Knie,
Das Deinen weisen Kahser stützet:
Verehr die Hand, durch deren Müh
Sich Deiner Gräntzen Wolfahrt schützet.
Doch wie? Es bringt sich zu dem Thron   85
Der Völcker Aug' und Jubel-Thon.
Dein Anblick sättigt ihr Verlangen:
Sie geben Dir der Treue Schwur;
Doch ihn gebiert die Zunge nur,
Nachdem ihn längst das Hertz empfangen.   90

Ihr Künste! eilt im freyen Flug
Durch Dunst und Barbarey zu bringen:
Denn Rußlands Phoebus ist genug
Die Wissenschaft empor zu bringen.
Ein Cäsar ficht und schreibet wol: 95
Wann unser Cäsar sinnen soll,
So setzet nichts dem Geiste Schrancken,
Und es besieget dessen Macht
So alle Feinde bey der Schlacht,
Als allen Zweifel in Gedancken.   100

Der Famen Ruff verlängert schon
Der Nachklang später Ewigkeiten:
Es soll der Ruhm von Deinem Thron,
Maaß, Ziel, und Endschaft überschreiten.
Wie viele Wunder, wie viel Glück   105
Behält vor Dich die Zeit zurück!

[6] Was wird von Dir die Nachwelt sagen!
Das Heil, so nie Dein Haupt verläst,
Giebt einen Tag zum Crönungs-Fest'
Und tausend Dir zu Sieges-Tagen.   110

Herr, dieses weissagt meine Brust,
Die Brust, so Deine Huld beglücket

Und die mit Ehrfurchts-voller Lust
Ob Deiner Hoheit Glantz entzücket.

115 Die Hoffnung, Kahser, wincket mir
Und heisset mich erstaunt in Dir
Des Reichs und meinen Schutz-Gott ehren.
Was kann, nun Du den Scepter führst,
Mit Gnaden lockst, mit Macht regierst,
120 Der Russen Glück und Wunsch vermehren?

[7] **II.**

Beschreibung eines Ballets.

König.

Wie schön! wenn paar und paar sich biegen,
Wann sich, wie ihn der Klang belebt,
5 Bald nach den vorgeschriebnen Zügen
Der Fuß gehorsam setzt und hebt:
Bald in so ordentlich-verwirrtem Fall und Drängen,
Als ob die gantze lange Reih
Ein lebendiger Irrgang sey,
10 Der Kreiß sich öffnen muß, bald schliessen, bald verengen.
Wie schön! wann vier und vier itzt windend stille stehn,
Itzt klatschen mit der Hand, bald als ein Rad sich drehn,
Bald so schnell sich zusammen fügen,
Daß sie nicht tantzen; sondern fliegen.

15 Der Ritter MARINO in seinem Adone, Canto XX.
Ott. LXXXII.

Mossersi al paro ed amboduo ballando
Vedeansi a man' a man, sola con solo
Prima a passo veloce ir misurando
Con giravolte e scorribande il suolo,
20 Poscia l'un l'altra in sù le braccia alzando
Levarsi in aria, e gir senz' ali a volo
E' n più scambietti a l' ultima raccolta
Serrar il giro e terminar la volta.

Was stellt sich dem Gehöre vor?
Beleben mich die todten Saiten?
Es fühlt mein Geist mehr, als das Ohr
Ihr Wirbeln, Schleiffen, Locken, Streiten.

Durch sanftes Steigen, flücht'gen Fall,
Rollt, wallt, und wechselt Klang und Schall;
Bald eilt er nah: Bald flieht er ferne.
Mein Sinn erstaunt. Ich höre schon
Hier jener Heyden Sphären=Thon,
Und ihre Harmonie der Sterne.

[8]   Was rührt die Saiten und mein Hertz?
Das Leben jener Violinen;
Dort stiller Lauten reiner Schertz
Und hier die Stärcke der Clarinen.
Man stimmt. Man dreht. Es hat die Hand
Bereits die Därme fest gespannt.
Hier regt sich zitternd schon der Bogen.
Der Wechsel reitzt durchs Ohr den Muht.
Bald schleicht der sanfte Thon und ruht,
Bald kömmt er lernend hergeflogen.

Hier ist der Sitz der Zärtlichkeit,
Der Sinnen Lust, der Augen Weide:
Der Thöne Zwietracht, Bund und Streit .
Ruft sie zum Tantzen und zur Freude.
Hier gläntzt der Jugend schönste Reih'
Und Hebe tritt den Schwestern bey,
Den Füssen Flug und Flucht zu geben.
Die Anmuht bildet jeden Tritt:
Die Munterkeit heisst Gang und Schritt
Des Thones Eindruck schön beleben.

Hier trifft so manches Paar sich an,
Das, nun der Zufall es gefüget,
Die vor'ge Liebe trösten kan
Und sich an Blick und Wink vergnüget.
Es knüpffet, froher Glückes=Stand!
Sonst Hertz und Hertz, nun Hand und Hand,
[9] Und kan, wie vor im Schertz und Lieben,
Wie sonst im Hertzen und im Kuß
Allhier vereint den fert'gen Fuß
In Anmuths=vollen Täntzen üben.

2*

Dort wartet, hofft und hört ein Paar
Den muntren Aufbot froher Saiten.
Es reichet sich die Hände dar,
In Creyß' und Cirdel sich zu leiten.
45 Des Waldhorns Schall, der Geigen Klang,
Belebet Auftritt, Führung, Gang,
Bis nach dem Fliehen, Kommen, Wenden,
Dem Harmonie den Winck ertheilt,
Der offne Arm entgegen eilt,
50 Mit gleicher Fertigkeit zu enden.

Nun stellt sich freudigst jene Reih',
So bald es Zeit, gleich aufzuspringen.
Man sieht sie flüchtig, öfters, frey
Sich durch die andren Glieder schlingen.
55 Der Thon verfolgt mit fert'gem Schall
Den Lauf der Tänzer überall.
Man ruht; Doch Nein. Man fliegt schon wieder.
Es lockt, es winckt sich jedermann:
Man hertzet und man greift sich an
60 Und übt die Kunst der schlancken Glieder.

Bald kommt mit Ernst und Anmuht hier
Mit künstlich-abgemeßnen Tritten
[10] Nebst seiner Rechten holden Zier,
Der Schönen, ein Galan geschritten.
65 Er führet, tantzt, verläffet sie,
Nun fertigst das gebogne Knie
Vom Tact belebt sich niedersencket.
Der Fuß sich auch ins Creutze legt,
Drauf langsam sich in Cirkel regt,
70 Bis Thon und Sprung ihn aufwärts lencket.

Aufs neue! Wie? Man springt, man rennt,
Es eilen Thöne, Fuß und Glieder.
Es fliegt das Kleid. Das Estrich brennt.
Man flieht, man sucht, man find't sich wieder.
75 Es machet Füsse, Hertz und Arm
Die Liebe, wie das Tantzen, warm.

Man setzt die Hände in die Seiten:
Man trotzt, man dräut, man brüstet sich,
Bis Gang und Thöne freudiglich
Den Klang und Tantz zum Schluß geleiten.   80

So wechselt Ernst mit Schertz und Lust,
So rühren uns verschiedne Triebe.
Hier locket Munterkeit die Brust;
Dort Ernst; den Stille; jenen Liebe.
Der Täntze Kunst, der Geist im Thon   85
Zeigt, reitzt, und bildet jedes schon
[11] Bey einem geistigen Empfinden,
Um, wann sich beyder Kraft erweist,
Durch Ohr und Augen Leib und Geist
Und unsre Seelen zu entzünden.   90

Erhitzt uns dieser frohe Fleiß,
Droht Müdigkeit den Freuden-Sprüngen
Und will der Füsse Müh den Schweiß
Aus den erwärmten Schläffen zwingen:
So macht bald jener volle Tisch   95
Die Geister matter Glieder frisch
Und kan das vor'ge Feuer schencken:
Ihn füllt in güldnen Schaalen Wein:
Er flöst die reinsten Flammen ein:
Er kan den Mund mit Nectar träncken.   100

Hier winckt Cleonte seinem Schatz,
Der liebenswehrten Cytheriden,
Die er vergnügt auf diesen Platz
Durch den verliebten Brief beschieden:
Sie schleicht sich in das Vorgemach,   105
Der Buhler eilt ihr heimlich nach,
Mit ihr sich freudigst zu besprechen.
Sie ruht, vom Tantzen matt und warm,
In seinem ihr umschlungnen Arm
Und läßt ihn tausend Küße brechen;   110
[12]   Doch endlich trennt die Mitternacht
Der Freuden und der Hände Kette.

Sie ruffet durch des Schlafes Macht
Vom Tantz' und Springen in das Bette.
115 So Kopf als Arm wird matt und sinckt.
Man scheidet sich, der Schlaf-Gott winckt,
Der Nächte wahren Brauch zu zeigen.
Drauf macht ein treuer Abschieds-Kuß
Nach dieser Lust den besten Schluß.
120 Schertz, Saiten, Thon und Muse schweigen.

[13] **. III.

Der Wein.

Bernicke in seinem Schäffer-Gedichte, Argenis pag. 393.

Ist aber dir der Rhein und Necker wol bekannt?
5 Freund, hast du je geschmeckt die Frucht von ihrem Strand?
In deren frischem Safft, der immer aufwärts steiget,
Der Wollust Saamen sich in güldnen Körnern zeiget,
Und zirckelnd in dem Schaum, der um den Rand sich setzt,
Geruch, Geschmack und Farb' als sein Gebuhrt-Recht schätzt.

So brausender, als süsser Most!
Du jährend Marck der schlancken Reben!
Geschenck des Bacchus: Nectar-Kost!
Laß Dein Verdienst den Reim erheben.
5 Du feuerreicher Götter-Safft!
Auf! gib allhier den Worten Kraft:
Auf! laß mir Wort und Reim gelingen.
Und, weil dein Einfluß, Trieb und Geist
So oft und manche singen heist,
10 Auch hier die frohe Muse singen.

Du liebst die Wahrheit und es soll
Mein Reim sich blos mit Wahrheit schmücken.
Ist mein Gedicht nicht Anmuths-voll,
So darfs der Enckel nicht erblicken.
15 Es muß, die Reben zu erhöhn,
Nicht jedes Wort auf Stelzen gehn,

Um Reim und Ausdruck aufzuſchwellen.
Des Einfalls Krafft, der Wahrheit Flug
Iſt dort ſchon ſtarck, hier hoch genug
Den Wein natürlich vorzuſtellen.   20

[14]   Zwar biſt du unſre Caſtalis:
Du ſtimmſt das Rohr belebter Flöten:
Dein trinckbar Gold verſüff't gewiß
Die Zungen ſingender Poeten.
Dort trinckt, dort dichtet der Homer,   25
Sein Blat wird voll, der Becher leer,
Apollen muß hier Bacchus dienen.
Falern giebt, ſo wie Alba, Wein
Und der dem Flaccus Weisheit ein,
So wie dem ſchlurpfenden Cratinen.*)   30

Dich wünſcht, dich liebt der Götter Schaar
Und Zevs läſſt Ganimeden ſchencken.
Er lacht und reichts Minerven dar;
Sie weigert ſich und trägt Bedencken.
Er trinckt es bey dem Götter=Schmaus   35
Auf ſeiner Juno Wolſeyn aus
Und läſſt der Himmel Nachklang hören.
Man füllt von neuem Götter=Naß,
Er winckt und bringt das friſche Glas
Der freundlichſt=lächelnden Cytheren.   40

[15]   Was ſeh' ich? wo befind' ich mich?
Seh ich hier Thebens Tempel ſchimmern?

---

*) **Cratinus**, den Horatius im Anfange der vierdten Satyre
des erſten Buches dem Eupoli und Ariſtophani zur Seiten ſetzet,
war einer der berühmteſten Griechiſchen Comicorum, der nach
dem Euſebio zur Zeit der LXXXIten Olymp. gelebet. ſ. Vossius
de poëtis græcis C. V. p. 30. und von denen, die allemahl   5
dem beſten Pallas=Sohne Beſcheid gethan. Herr Richey
Poeſie der Niederſachſen III. Th. p. 127. Man findet daher, daß
er im hundertſten Jahre ſeines Alters aus Herzeleid geſtorben ſey,
als er ein Faß Wein in den Koth lauffen ſehen, wie Heberich in
Notitia autorum p. 160. anmercket.   10

Das Epheu=Laub verwirret sich
Ins gülbne Gitter vor den Zimmern.
45 Der Bacchus=Tempel thut sich auf
Und der Bacchanten Tanz und Lauf
Rührt jauchzend tausend runde Schilder.
Der Ober=Priester geht voran:
An Thor'n und Flügeln siehet man
50 Umkränzte Seulen, Ehren=Bilder.

Man sieht das stolze Opfer=Vieh
Sich allgemach zum Altar dringen.
Man crönet, stellt und weiht es hie,
Es kniet das Volck, die Priester singen:
55 Den Becher füllt der heil'ge Wein:
Man wirfft ins Feuer Weyrauch ein.
Es zischt und flammt die fette Würtze.
Man schlachtet bey dem Jubel=Thon
Und bindet auch die Thiere schon,
60 Daß ihren Hals das Messer stürtze.

Seht! so begehet man das Fest
Dem milben Bromius zu Ehren.
Das Jauchzen, so man schallen läfst,
Durchstreicht die Luft in Wechsel=Chören
65 [16] Und man verherrlicht überall,
Bey Pauken= und Trompeten=Schall *)

---

*) Einige wollen behaupten, daß Osiris kein andrer Gott
als Bacchus sey; doch geschiehet solches mit weniger Gewißheit.
Pentheus, König zu Theben, war immer mit dem Baccho
im Streit verwickelt, bis dieser ihn endlich durch seine eigene
5 Mutter und Schwester, die ihn vor ein wildes Schwein ansahen,
zerreissen und tödten lassen. Es handelt hiervon die Bacchis des
Nero, woraus Persius in der ersten Satyre v. 99. die schwülstige
Stelle anführet. Sonst soll Bacchus ein Ueberwinder der Inder
und Ino diejenige gewesen seyn, der seine Erziehung vom Jupiter
10 anvertrauet worden; Semele, seine Mutter, aber muste ver-
brennen, da Jupiter ihr in Blitz und Feuer erschien: von
welchem allen die alten Poeten und Mythologi nachzulesen.
f. Histoire Poëtique du P. Gautruche p. 45. sq.

Bald den Oſir, bald Pentheus Sterben
Der Sarder und der Rhoder Frucht,
Der Ino Fleis, der Inder Flucht,
Und bald der Semelen Verderben.   70

 Jetzt trägt der müde Wieder=Hall
Der Thöne lauten Ruf zum Himmel.
Es wallt und rollt der ſcharffe Schall
In dem betäubenden Getümmel.
Ihr Hertze brennt. Es macht der Mund   75
Das Lob des Reben=Vaters kund
Und jauchz't ob deſſen reichen Gaben.
Die Andacht miſcht ſich zu der Luſt:
Aus beyden ſoll ſo Mund als Bruſt
Der Lobes=Lieder Wechſel haben.   80

[17] Doch wie? was will der Blicke Ziel
Durch unbegräntzten Glantz erweitern?
Und dieſes muntre Freuden=Spiel
Durch neuen Götter=Strahl erheitern?
So Furcht als Freude rührt die Bruſt   85
Mit frohem Schrecken, banger Luſt.
Wir ſingen. Nein. Wir müſſen ſchweigen.
Das Opfer ruft dem, dems geweiht:
Er will mit ſeltner Heiterkeit
Vom Sitz durchſichtger Wolken ſteigen.   90

 Seht. Der gehörnte Gott erſcheint.
Ihn muß ſein Sieges=Wagen fahren,
Mit tauſend Satyren vereint
Begleiten ihn der Bacchen Schaaren:
Den Kopf beſchattet, wie den Bauch,   95
Ein umgewundner Epheu=Strauch:
Es gleicht ſein hohler Sitz der Schnecken:
Es hängt von ſeinem Thyrſen=Stab
Ein Ball voll ſchwerer Beeren ab:
Die Füſſe müſſen Trauben decken.   100

 Den Leib umhüllt die Panther=Haut,
Und kan den Gott des Weines rüſten:

Sie dräut und schrecket, und man schaut
Die Tatzen an den fetten Brüsten:
105   Ein beißigs buntes Tieger-Thier
Zieht den umlaubten Wagen hier:
[18] Ein Löwe gehet ihm zur Seiten:
Er wirft die Mähnen, knirrscht und brüllt;
Sein Schreck-Thon hat die Luft erfüllt,
110   Und scheint die Wolcken zu bestreiten.

O Evan! ruft der gantze Schwarm:
So ruffet jede Mirmallone:
Die Fackel schüttelt Hand und Arm
Beym steten Ruf und ew'gen Thone.
115   So wie der feurige Asbest,
Wenn man ihn einmahl flammen läßt,
Unlöschbar brennt und kochend wallet;
So ist auch dieses Lust-Geschrey,
Das, aller Endschaft los und frey,
120   Unwiedertreiblich-thönend schallet.

Hier folgt der reitende Silen,
Sein Esel hätt' ihn bald verlohren.
Er jähnt und schreyt. Und, bleibt der stehn,
So zerrt er ihm die langen Ohren:
125   Er wirft sich taumelnd hin und her,
Ihm wird der trunckne Kopf zu schwer:
Er sinckt: Nun liegt er schon zur Erden:
Sein Satyr hilft ihm wieder auf,
Und nun vollführt er seinen Lauf,
130   Vom Baccho nicht entfernt zu werden.

Er fodert stammlend Chier Wein,
Ihr Freunde auf! ihn herzulangen.
Er lacht ihn an, er hält ihn rein,
Und will den, der ihn reicht, umfangen.
135 [19] O! ruft er, Vater Bacchus sey!
Ich trinck dir zu, o Evoe;
Hier schließt er sich an seinen Schimmel.
Er trinckt den Wein in einem Zug.

Das schmeckt! sagt er, vors erste gnug,
Und wirft den leeren Kelch zum Himmel.   140

Doch welch ein Blitz? was seh ich dort?
Was? Wolcken, Schatten, Nebel, Düfte,
Gott, Priester, Tempel, alles fort:
Es flieht, es eilet in die Lüfte.
Lyaeus steigt zur Ober-Welt.   145
Das Opfer schwind't, der Tempel fällt,
Und ihn verschlingen meine Blicke.
Wie wird mir? Schwindelt mir? Nein. Nein.
Ein Traum nahm Aug' und Sinnen ein:
Ich seh noch jenes Bild zurücke.   150

Hier zeigt sich mir was neues dar:
Hier seh' ich Wein und Lust regieren,
Und beyder Krafft in jener Schaar
Die Zungen und die Blicke rühren:
Sie lachen, scherzen, küssen sich,   155
Sie lieben sich recht brüderlich;
Der Wein lermt hier in Mund und Magen.
Der singt, der speyt, der ist vergnügt,
Der taumelt, jener schläft und liegt,
Der spricht von Mädgen, der von Schlagen.   160

Dort kömmt mit selbstgestimmtem Thon
Hans mit der Greten hergeschritten.
[20] Dort fing' er an: Hier liegt er schon.
Der Wein ist bey ihm ausgeglitten.
Oh! spricht er und kriecht wieder auf: 165
Blast fort! Frau her! Wie? stockt der Lauf?
Mein Seel', ich wäre bald gefallen.
Er dehnt sich, lacht, und zeigt den Gaum:
Er springt und stampft und kan noch kaum
Das Juch mit schwerer Zungen lallen.   170

Noch besser machts der junge Knecht
Mit seiner frischen Adelheide.
Mein Schätzle komm! Wir tantzen recht
Und haben heute Kirmes-Freude.

175 Er wischt, er stellt sich und sein Fuß
Macht einen Neun=Eck gleichen Gruß
Und greifft sie frisch am Ellenbogen:
Er rennt und wechselt tausendmahl:
Und kömmt so den bestäubten Saal
180 Nebst ihr mit Jauchzen hergeflogen.

Ein Irus sieht sein altes Kleid,
Und denckt an das, so er verlohren.
Er lobt das Glück der vor'gen Zeit,
Und kratzt mit Unmuth Kopff und Ohren.
185 Pfuy, murrt er, du verdammter Wein!
Sollt du der Schmertzen Lindrung seyn,
Und häuffest Gram und Ungelücke?
Fahr, weil ich dir gehäßig bin,
Nur immer an die Wände hin,
190 Und schmeißt das Glas in tausend Stücke.

[21] Biberius, vom Wein erhitzt,
Will nach der Mädgen Busen langen,
Und die an seiner Seiten sitzt,
So taumelnd, als verliebt, umfangen.
195 Sein finstres Auge glüht und winckt:
Der Mund, so nach dem Hefen stinckt,
Will sie mit nassen Lippen küssen.
Er faßt sie bey der Schürtzen an
Und fällt, weil die nicht halten kan,
200 (O Höfflichkeit!) zu ihren Füssen.

Thrax kömmt und hält ein Glas mit Wein:
Messieurs, spricht er, das ist mein Leben.
Sa! Prosit! Schenckt es wieder ein,
Doch müßt ihr alten dito geben.
205 Mich hitzt der Saft. So brannte ich,
Als ich um Hochstedts Gräntzen strich,
Und manches Bassen Leben kürtzte,
Bis, wann er ängstlich mir entsoff,
Er zitternd, da der Hund ersoff,
210 Sich in die nahe Donau stürtzte.

So brauſt der Moſt: ſo wallt' mein Blut,
Als ich den Sultan übermannte
Und, voller Rachgier, Feuer, Muht,
Die Brücke des Eurins verbrannte.
Nun denk ich an die alte Zeit:
Ich lobe mir doch Tapferkeit:
[22] Hier iſt mein Schwerdt. O fühlts, ihr Brüder!
Beym Element! Es hält ſich friſch.
Gleich ſchlägt mein Held es auf den Tiſch,
Und wirfft die Kannen tölpiſch nieder.

Ein Alter ſpricht: Was ſoll dis ſeyn?
Du Schwermer, was ſoll dieſes heiſſen?
Mein Kleid iſt hin. Es fleckt der Wein.
Mich wird mein Haus-Creutz derbe ſchmeiſſen.
Ich bin ein alter Bürger hier.
Du Eiſen-Freſſer! zahle mir!
Du machſt mein ſchönes Tuch zu nichte.
Hier flieſt der Wein und macht mich naß,
Gevatter! hilff und wirff das Glaß
.Dem Frieden-Stöhrer ins Geſichte.·

Das Stuhlbein her. Schlagt, kratzet, reißt,
Philiſter! — — — Wie? biſt du noch muhtig?
Wie ſchmeckt der Fuchs? Auf! fort und ſchmeiſt
Der vollen Sau die Freſſe blutig.
Thrax ſchreyt und wehret ſich nicht hier:
Wie? ſagt er, iſt dann dis Manier,
So Cavallieren zu begegnen?
Doch darf er ſich nur nicht bemühn.
Sein Aug' iſt blau, die Schläffe grün.
Es werden noch mehr Schläge regnen.

So gehts. Des Weines ſtarke Gluht
Entflammt nicht ſelten die Gemüther.
Des Streites Zorn, des Zanckens Wuht
Vermehret ſich durch Bacchus Güter.
[23] Die Zwietracht langt Gefäſſe her:
Oft werden Flaſchen zum Gewehr,

Oft wechselt man, statt Kugeln, Krüge.
Es fängt das erste Glas alsdann
Zwar Freundschafft und Vergnügen an,
250 Doch Eris thut die letzten Züge.

Brecht aber nicht den Stab zu früh:
Verdammet nicht der Trauben Gaben,
Als könnte Wuht und Zanck durch sie
Nur grösres Gift und Nahrung haben.
255 Nein. Unsrer Väter Beyspiel lehrt,
Was für ein Lob dem Wein gehört·
Ihn trincken Francken und Teutonen.*)
[24] Der Sachsen und der Schwaben Schwarm:
Der Wein verstärcket ihren Arm
260 Und dieser schwächet Legionen.

---

*) Die meisten meinen in den alten Geschicht-Schreibern Stellen
zu finden, die beweisen sollen, daß die alten Teutschen durchaus
kein ander Getränke, als ihren Gersten-Safft, gehabt, und den
Wein-Bau sehr späte versuchet. Doch ist dieses keinesweges aus-
5 gemacht und unstreitig; Vielmehr ist es höchstwahrscheinlich, daß
unsere Vorfahren, insonderheit die Germani Cis-Rhenani, so rohe,
hart und alt-teutsch sie auch gewesen, dennoch nicht weniger, als
die üppigen Römer, wiewohl nicht so viel, noch so mancherley
Weine getruncken. Zwar giebt man gerne zu, daß dieses Getränke
10 nicht so gemein gewesen, als das Bier, und es stehet zu glauben,
daß wegen des Unterscheides des Wein-Wachses in Teutschland ein
Strich Landes vor dem andern sich darauf geleget, und, nach eines
jeden Haus-Vaters Mittel, Bequemlichkeit und Willkühr, dieser sich
am Biere gnügen lassen, da ein andrer Wein-Berge besessen und
15 cultiviret. Ferner ist gewiß, daß ein Volck eher, als das
andere, entweder die Einfuhr des Weines erlaubet, oder selbst
Wein zu bauen angefangen, und also ein ausländischer Scribent
gar wol einem Lande, in so ferne es ihm bekannt geworden, einen
Gebrauch aufbürden könne; der jedoch an anderen entlegenen und
20 ihm unbekannt ge- [24] bliebenen Oertern nicht eingerissen noch ge-
folget worden. Allein es bestehet hiebey dennoch mein obiger Satz,
und er leidet hieraus keinen Abbruch, daß die Teutschen auch in
sehr alten Zeiten Wein, obwol nur ihren eigenen, getruncken, wie
dann solches Possidonius beym Athenæo bezeuget, und daher
25 schon Cluvern veranlasset, den Wein unter die ordentliche Getränke
unserer Nation zu setzen. Und wie sollte wol der Wein-Bau der
benachbahrten Italiäner lange unnachgeahmt geblieben seyn? nach-

[25] Auf! Tuistons Stamm, der Zeiten Stern,
    Durch Grosmuht schön und reich an Scheine,
    Der Erben Marck, der Völcker Kern!
    Auf! auf! ihr Teutschen Helden-Beine:
    Auf! auf! und tretet an die Lufft   265
    Aus der durch euch geehrten Grufft,

---

dem einige Teutsche sich mit ihnen vermischet, ein **Catualda** zu den
Römern geflohen, und **Italus,** ein gebohrner aber in Rom erzogener
Teutscher, der die Cheruscer bezwingen wollte, mit seinen Anhängern
und Bundes-Genossen gantz Römisch zu werden begonnte: die
dann den Wein schmackhafft genug müssen befunden und dessen 5
Anbau auf ihrem eigenen Grund und Boden nachher versuchet
haben. Sollten uns nicht die Gallier verleitet haben, denen das
Wein-Pflantzen, nach **Eutropii** und **Vopisci** Zeugnissen vom
Kayser **Probo** erlaubet, oder vielmehr befohlen worden? Aber ich
verstehe dich, du singest dem Hörensagen nach, worauf die Römischen 10
Historici gefusset und den Teutschen den Wein abgesprochen. Du
bist aber in Gefahr, dich zu irren, denn theils sind die Ausleger
der hieher gehörigen Stellen nicht einig, theils bekümmerten sich
die Römer nicht eifrig genug um die genauesten Umstände Teutsch-
landes, und ihre Glaubwürdigkeit lässet sich sehr oft durch Gegen- 15
Gründe entkräfften. Was **Cæsar** de B. G. L. IV. C. II. berichtet,
daß man in Teutschland die Einfuhr fremder Weine nicht gestattet,
schliesset den Gebrauch des einheimischen nicht aus, und **Tacitus**
de M. G. C. XXIII. versichert ausdrücklich, daß die dem Ufer nahe
Völcker auch Wein an sich erhandelt: woraus dann nothwendig folget, 20
daß sie mehr, als ihr Bier, getruncken. Es ist allhier von den
ältesten Zeiten die Rede; denn von den neueren und dem neunten
Jahr Hundert wissen wir, daß in der Verdunschen Theilung des
Carolingischen Reiches im Jahre 843. dem Teutschen Ludwig
Speyer, Worms und Mayntz, [25] wegen ihres vortrefflichen 25
Wein-Wachses und daher entstandenen Reichthumes zugetheilet
worden. Solchemnach verbleibet es wol höchst-wahrscheinlich, daß
die meisten Teutschen Völcker theils ihren eigenen, theils ihrer
Nachbaren Wein getruncken, und der vom Tacito an ihnen bemerckte
Rausch nicht weniger dem Reben- als dem Gersten-Saffte beyzu- 30
legen sey. (s. die gründliche Untersuchung, ob das Teutsche Wort
W e i n aus dem Lateinischen VINUM seinen augenscheinlichen Ur-
sprung habe in des Herrn Rath Weichmanns beliebter Poesie der
Niedersachsen. III. Theil p. 36—54.) Ich hoffe daher keinen
Schnitzer begangen, noch gar zu unwahr und poetisch geschrieben 35
zu haben, indem ich den allhier benannten Völckern das Wein-
Trincken und dessen Folgen beylege.

Euch wollen Rhein und Mosel winden.
Sie heissen euch, nach alter Zeit,
Treu, Wahrheit, Anschlag, Tapferkeit,
270 Aus ihrer Reben Blute trincken.

Ja! ja! Ascenens Krieger=Saat.
Dir konte Bacchus Kräffte geben:
Fürst, Barbe, Feldherr und Soldat,
Ihr alle liebt die süssen Reben.
275 Und alles ist der Wein bey euch:
Ihr opffert und ihr trinckt zugleich.
[26] Dort liegt der Wurf=Spieß und die Keule.
Ihr tantzt um Crobens Altar um,*)
Welzt euch in Herthens Heiligthum,**)

---

*) Crobo ist der Teutsche Saturnus, der bey den Sachsen
angebetet und dessen Bilder vom grossen Carl bey Bezwingung
dieser Nation getilget worden. Alb. Crantz. Saxon. L. II. c.
XII. Hachenberg Germ. med. p. 189. Sein Bildniß findet sich
5 in Tollii Epist. Itiner. p. 30. Herr Calvör findet in dem Crobo
etwas, das nach Wodan, Odo, und Otto klinget, und den grossen
Gott, den grossen Abam vorstellet. s. die Sächsischen Merckwürdigkeiten p. 23. und ausser dem schönen Heineccischen Tractat vom
Crobo die Observ. miscoll. T. I. p. 913.
10 **) Herthum, die Erde, war die Teutsche Ceres oder Isis.
Conrad Peutinger Sermon. conviv. p. 28. Joh. Heinr. Hagelgans in den Anmerckungen über Dillherrns Histor. priscæ Germ.
c. IX. §. VI. der von gewissen Teutschen Völckern göttliche Ehre
erwiesen ward, und deren Götzen=Dienst grosse Geheimnisse, und,
15 nach Art der alten Heidnischen Zeiten, (Eschenbach Dissert. IV.
p. 133. de consecratis gentilium lucis) insonderheit unsrer Vorfahren (Hachenberg Germ. med. Diss. VIII. §. 24. Hagelgans l.
c. Cap. VIII. p. 100. Clüver L. I. C. XXXIV. p. 233.) ge-
heiligte Hayne erfoderte, wie dann Tacitus Castum terræ matris
20 in Insula Oceani nemus nahmhafft machet, welchen Wald man,
doch mit geringer Wahrscheinlichkeit, in der Insul Rügen suchet.
s. Speners Notit. Germ. ant. L. II. C. III. §. 12. Die sieben
Nationen aber, denen er die Verehrung der Hertha zuschreibet,
die man auch bey den Nordischen Völckern und in Schweden an-
25 gebetet, (s. Hachenberg p. 91.) waren die Reubinger, Avionen,
Angler und Variner ꝛc. die er selbst zu den weitvertheilten
Sueven rechnet, wovon weiter nachzusehen Spener L. V. C. IV.
Und aus diesem Grunde stehet mit ihm L. V. C. V. p. 92. zu

[27] Und taumelt um die Irmen-Senk. *)   260

   Fürst Hermann siegt; der Varus weicht;
   Es läufft der Mann; es fliehn die Pferde;
   Von euch verwundet und gescheucht
   Durchwühlen sie den Sand der Erde.
. [28] Sie fliehn: Ihr folgt. Euch heist der Wein   285
   Den Teutschen gleich und muthig seyn,
   Und Romuls Adler vor euch beben.

   So recht, so pflanzet eure Hand

muhtmaassen, daß Herthum wol diejenige Gottheit und der Reg-
nator omnium Deus sey, so, wie Tacitus kurtz vorher angemerdet,
von den Semnonibus, vetustissimis nobilissimisque
Suevorum, und also Landes-Leuten der angegebenen Verehrer
der Hertha angebetet, und bey den Marsis Tanfana geheissen 5
worden. Ihr Dienst, der allezeit silvam auguriis patrum et [27]
prisca formidine sacram und Menschen zum Opffer haben muste,
ist so merdwürdig, daß ich ihn hier nicht unerwehnet lassen kan:
Est et alia luco reverentia: sagt Tacitus. Nemo nisi vinculo
ligatus ingreditur, ut minor et potestatem numinis præ se 10
ferens; si forte prolapsus est, attolli et insurgere haut lici-
tum. Per humum evolvuntur, eoque omnis superstitio respi-
cit. Wir wollen demnach bey diesen Umständen die Teutschen
in dem Heiligthum der Hertha sich so lange welten lassen, bis man
uns gezeiget, daß wir ihnen zu viel Mühe gemacht. 15
   *) Dieses ist der bekannte alt-sächsische Abgott auf dem Eres-
Berge den Carl der Grosse im Jahre 772. zerstörte, und Crantius
zum Mars machet, f. ausführlich Henrich Meiboms Irminsulam
Saxonicam in dessen Opusculis Histor. (Helmstädt 1660. 4.) der
auch im fünften Cap. die darüber entstandene Meinungen der 20
Gelehrten und p. 32. seqq. das lächerliche Geschwätze des Becans
anführet. Es ist in dem Irmin weder mit Barthen und Linden-
brogen der Mercur, noch mit Aventinen, Calvören und andern
ein Abkömmling des Tuiscons und Teutscher Hermio zu suchen;
Vielmehr scheinet es ausgemacht, daß die Irmen-Säule dem Ge- 25
dächtnisse des Arminius oder Hermanns errichtet, und dieser von
seinem Volcke vergöttert worden. Solchem pflichten auch Schurtz-
fleisch Diss. de Arminio §. XIII. Hachenberg in seiner German.
med. p. 183. Hagelgans l. c. p. 81. und Strube in seiner
Reichs-Historie c. II. §. XIV. bey. Jedoch hat es niemand deut- 30
licher erwiesen, als Herr Doctor Behrens in seinen Vindiciis
Benneburgensibus et Irmensulæ Saxonicæ, welche in dem
LXXXIX. Theile der Teutschen ACTOR. ERUDIT. p. 447. sq.
gedruckt worden. conf. die Sächsische Merckwürdigkeiten p. 17. sq.

In eutem und der Feinde Land
Hier Sieges-Fahnen, dort die Reben.

Man jauchzet. Welch ein Freuden-Fest
Auf jenem Trauben-vollen Hügel?
Man lacht, man singet, und man läßt
Dem Jubeln und der Lust den Zügel.
Es ist die Lese. Jeder lermt.
Der schießt, der kälbert, und der schwermt:
Denn alles will der Wein erlauben.
Die Fässer werden voll geschafft:
Die Kelter preßt den reiffen Safft
Aus den im Druck zerquetschten Trauben.

Man mag, o Wein! dich immerhin
Dem Röm'schen Frauenzimmer wehren.
Du labest doch der Menschen Sinn
Und kanst die beste Wollust nähren.
Wann es den Trunck gleich meiden muß;
Ach! so berauscht es fast ein Kuß,
Den Lieb' und Jugend Geister geben.
Ihm schmeckt der Küsse süsse Kost
Nicht anders, als wie uns der Most
Und wie der Nectar süsser Reben.

Begeisternder, belebter Wein!
Du machst die Hypocrene fliessen
[29] Und sollt gleich, (Brüder! schencket ein!)
Dich strömend jetzt in mich ergiessen:
So tränke mich, du feurigs Naß!
So fülle mich, du volles Glas!
Ihr sollt mir neuen Geist erwecken.
Mein Mund, der hier dich preisen kan,
Will für die Müh', (ich setz' itzt an)
Dis, was er hier gelobt, auch schmecken.

So recht. Erquicke meinen Mund,
Ja, laß dich selbst die Seele fühlen.
Du stärckest mich und machst gesund
Durch deiner Güsse hitzigs Kühlen.

Der Wein giebt nicht dem Schweigen Raum: 325
Ich selber unterlasse kaum,
Daß ich sein Lob von neuem zeige:
So brausender, als süsser Most,
Geschenk des Bacchus, Nectar=Kost,
Laß bein — — — Jedoch ich trink' und schweige.   830

[30]   **IV.**

Die Poesie.

HORATIUS Ep. L. II. Ep. I. v. 119.

— — — — Vatis avarus
Non temere est animus: versus amat, hoc studet unum,   5
Detrimenta, fugas servorum, incendia ridet:
Non fraudem socio, puerove incogitat ullam
Pupillo: vivit siliquis et pane secundo.

v. 210.

Ille per extentum funem mihi posse videtur   10
Ire poëta, meum qui pectus inaniter angit,
Irritat, mulcet, falsis terroribus implet
Ut Magus: et modo me Thebis, modo ponit Athenis.

Auf! Dicht=Kunst, führe meine Hand,
Sie soll dir Lob und Reime zahlen:
Der Trieb, der meinen Geist entbrannt,
Soll deiner Gottheit Gottheit mahlen.
Auf! eile von dem Sternen=Sitz,   5
Entflamme, lodre, brenne, blitz',
Gib meiner Brust ein geistigs Feuer.
Haucht Neid und Python Drachen=Gifft:
Gnug, wenn ihn nur mein Phoebus trifft,
So berstet dieses Ungeheuer.   10

Doch nein. Mich treibt mein Trieb zu weit,
Und täuschet mich mit falschen Bildern.
Wie werd' ich deine Trefflichkeit,
So, wie ich sie empfinde, schildern?

15 Zur Sonnen fliegt kein Icarus.
    Sein Flügel schmeltzt; er selber muß
[31] Den Todes-Kelch Neptunens trincken.
    Was machts? Mein Vorsatz lobt mich schon:
    Ich falle rühmlich und kein Hohn
20 Beschweret mich beym Sturtz und Sincken.

    Apollo winckt: Euterpe lacht.
    Ja, ja. Ich fang' itzt an zu singen.
    So holder Gottheit Wunder-Macht
    Läßt meiner Leyer Saiten klingen.
25 Mich labt, mich reitzt, mich stärckt gewiß
    Ein Trunck aus eurer Castalis:
    Mich schützt der Gnaden-Blick der Musen:
    Ich säume nicht. Es rührt der Brand
    Witz, Hertze, Sinnen, Mund und Hand
30 Und wallet feurig in den Busen.

    Geist, Leben, Anmuht, Götter-Crafft
    Beseelen dich und deine Triebe:
    Du zwingst zu jeder Leidenschafft
    Zum Haß, zum Zorn, zur Lust, zur Liebe.
35 Du bist ein Strom, der ungehemmt
    Schwellt, einbricht, stürtzt und überschwemmt,
    Die Dämme brausend niederreisset,
    Mit Wällen kämpfft, mit Mauren ringt
    Und alles in den Wirbel schlingt,
40 Bis er sich in die Thäler schmeisset.

    Gantz Sparta flieht: Tyrtaeus singt.
    Die Krieger rührt die Krafft der Lieder.
    Man sicht, man singt. Die Muse dringt
    In Hertz und Muht, sie in die Glieder.
45 [32] Ihr Arm wird starck, der Feind wird schwach:
    Apollo setzt dem Flüchtling nach:
    Dis würckt der Zug der Pierinnen.
    So rührt ihr Ruf, so stärckt ihr Blick:
    Sie treiben mit den Feind zurück:
50 Sie helffen mit die Schlacht gewinnen.

Ein Sohn der Musen hat Gehör,
Er darff auch nach dem Throne wandern.
So ists. Ein ewiger Homer
Rührt, wie der Pyrrho,*) Alexandern.
Es reitzt' ihn Ruhm und Dicht-Kunst an, 55
So offt es Schlacht und Feld gewann.
Sie halff ihm seine Feinde fällen.
Homer macht seinen Muth entbrannt:
· Achillens Beyspiel stärckt die Hand
Beym Granicus und bey Arbellen. 60

Durch dich spricht der Orakel Mund
Und lehrt den Schluß der weisen Sterne.
Du machst der Götter Ausspruch kund,
Damit dich jeder fragen lerne :**)
[33] In Heliopel schallt dein Thon, · 65
Dich hört die Höle des Trophon,
Und Delphis will dir Tempel bauen:
Es lernt die Pythias von dir ;
Und Hammons Priester darf nebst ihr
Der Reiche Schicksahl uns vertrauen. 70

Dieß ist der Trieb, dieß ist der Zug,
Durch welchen ein Virgil gesungen : ,
Dieß ist der weißlich=freye Flug,
Drauf sich Horatz empor geschwungen,
Horatz, der immer gleich sich zeigt, 75
Höchstglücklich sinckt, bedachtsam steigt,

---

*) Daß Alexander der Grosse dem Pyrrho vor ein Gedichte ·
zehn tausend Aureos geschencket, bezeuget Sextus Empiricus L.
I. c. XIII. n. 282. Ein Aureus ist ungefehr drittehalb Thaler,
s. den gelehrten Herrn Fabricium in Notis p. 278. und Laertium
IX. 102. Was man sonst von der Armuth der Poeten vor Vor= 5
urtheile gefasset, erwehnet der geschickte Herr Prof. Stolle in Jena,
in· seiner Historie der Gelahrheit p. 245.
**) Von den Orten der alt=Heidnischen Orackel, s. Fontenelle
Histoire des Oracles Diss. I. C. XII. und vom Delphischen
Diss. III. C. III. 10

Und allen Zeiten unvergeßlich.
Durch diesen Antrieb schreibt Pindar*)
Natürlich=edel, feurig, wahr,
80 Und ist doch — --- Was dann? Unermeßlich.

[34] Man sucht der Dichter Geist und Kiel,
Kein Opfer brennet ohn Poeten:
Der Isthmer Ringen, Lauff und Spiel
Erfobert Lieder, brauchet Flöten.
85 Du singest Göttern; dieser Klang
Verbleibt ihr würd'ger Lob=Gesang.
Nur du, nur du, kanst sie verehren.
Ich kan die Sal'sche Priesterschafft
Schon ihrer Gottheit Ruhm und Krafft,
90 Durch deinen Beystand preisen hören.

. Man tantzt: Man jauchtzt: Ein Opffer brennt.
Man rüstet sich zum Bacchus=Feste.

---

*) Der unermeßliche Pindar, wie ihn Horatius in der
andern Ode des vierten Buches nennet, ist unstreitig das Haupt
und der Alt=Vater aller Lyrischen Poeten. · Es stünde zu wünschen,
daß wir des sinnreichen Abts Fraguier Caractere de l'indare
5 im dritten Theile der Memoires de literature der Königlich=
Französischen Academie des Inscriptions et belles lettres p. 42
—58. so schön übersetzet hätten, als wir den Discyrs des de
la Motte von der Ode im Teutschen bekommen. Solchem liesse
sich sehr wohl beyfügen die Gegeneinanderhaltung des Pindars
10 und Horatzens beym Rapin, in dessen gesammleten Schrifften
T. I. p. 433. sqq. Vielleicht würde solches den Geschmack sehr
verbessern und noch mehr festsetzen, worin dann eigentlich das
Feuer und die Stärcke einer Ode bestehe und wie weit man sich
der Lyrischen Freyheit bedienen könne. Der seel. Günther soll,
15 wie mir versichert worden, den Pindarum in Teutsche Verse [34]
gebracht haben, und mag solches wol eines seiner besten Wercke
seyn, wie dann ihm mit Recht der Ruhm kan beygeleget werden,
den ehemals Vaugelas dem Coesseteau gegeben, daß Schwulst und
Unsinn mit seinem Geiste so wenig, als Licht und Finsterniß zu
20 vergleichen gewesen. s. Maniere de bien penser p. 459. Der
vortrefflichen Stücke zu geschweigen, welche unter den Oden der
Deutschen Gesellschafft in Leipzig befindlich; so ist die Ode des
Hrn. Geheimen Secretairs König in den Deutschen Actis erudit.
CVI. Th. p. 731. ein vortreffliches Muster dieser Schreib=Art.

Es rauchen schon zum Firmament
So Epheu=Laub, als Reben=Aeste.
Der Weyrauch glüht: Der Opffer Heerd   95
Hat das geweihte Vieh verzehrt:
Ich hör des Tempels Priester singen,
Und voller Lust auf jener Höh
In ihrem Evan Evöe
Den Thon der Lobes=Lieder klingen.   100

[35]   Der Hymen selbst getraut sich nicht
Die Liebes=Fackel anzuzünden;
Wofern' ihm Phoebus nicht verspricht,
Sich bey der Lust mit einzufinden,
Damit sein Mund dem frohen Zwey   105
Ein segnender Prophete sey,
Und die vereinten Hertzen rühre,
Damit, wo Lieb und Dicht=Kunst lacht,
Der Braut die Scham der ersten Nacht
Ein wolgereimter Schertz entführe.   110

Die Sappho singt: Ein Phaon liebt:
Sie dichtet und er muß entbrennen.
Es werden, was die Muse giebt,
Ja nicht die Gratien verkennen.
So rührt noch mehr ein schöner Mund,   115
So macht noch mehr ein Blick uns wund,
Wann beyde der Apollo preiset
Und hier den Augen, dort dem Kuß,
Was hier entflammt, dort laben muß,
Auf seiner Dicht=Kunst Schauplatz weiset.   120

Die Liebe treibet offt den Sinn
Zu mehr als ungemeinen Schrifften:
So kan die schöne Römerin
In Nasons Reim ihr Denckmahl stifften.
[36] Die Laura setzet den Verstand   125
Petrarchens, wie sein Hertz, in Brand:
Marinen reitzen Amors Triebe.
Die Liebe wird der Dicht=Kunst Zier;

Doch bienet offt die Liebe ihr:
So bient sie gleichfalls offt der Liebe.

Betrachte, schönste Cynthia!
Dich in Propertius Gedichte:
Du stehst noch vor der Nachwelt da
Und reitzest mit dem Angesichte.
Den Ruhm verlöscht kein Schwamm der Zeit,
Im Schooße der Unsterblichkeit
Kannst du die Dicht=Kunst danckend küssen.
Auf Pindus Höhen siegt dein Lob
Den Zeiten und der Mißgunst ob
Und kan sich fest verewigt wissen.

Du rührst, o Dicht=Kunst! überall:
Uns locket immer deine Schöne.
In jedem Zustand, jedem Fall,
Vergnügen nützlichst deine Thöne.
Du singst: Du rührest unsre Brust:
Der Kummer schläfft: Es wacht die Lust:
Die Ruh' eilt her, der Gram zurücke:
Die Wollust siegt: Die Sorgen fliehn:
Wo Freude, Witz, und Dicht=Kunst blühn,
Da beugt das Hertz kein Neid noch Glücke.

[37]   Du Mutter der Unsterblichkeit,
Der Helden Freude, Mund der Götter:
Du Muster edler Seltenheit,
Straf=Richterin verwegner Spötter!
O Dicht=Kunst! lasse Kiel und Sinn
Durch dich bereichert künftighin
Den Reim mit klugem Saltze würtzen.
Sey du mein Zeit=Vertreib und Lust,
Und heisse ferner meine Brust
Mit dir die langen Stunden kürtzen.

[38]   V.

Die Gröſſe eines weislich=zufriedenen Gemühtes.

HORATIUS Carm. Lib. III. Oda II.

Virtus recludens immeritis mori
Cœlum negata tentat iter via: 5
.Cœtusque ˙vulgares et udam
Spernit humum fugiente penna.

Ein groſſer Geiſt, den nie der Schein betrieget,
Der jedes Ding nach ſeinem Wehrte miſſt:
Ein ruhigs Hertz, das in ſich ſelbſt vergnüget:
Ein edler Zug, der voller Weisheit iſt,
Die ſcheinen mir mit Recht den höchſten Schätzen   5
Und allem Gut' auf Erden vorzuſetzen.

Wo die vereint, da weichen Gram und Schmertzen,
Der Laſter Heer flieht eine weiſe Bruſt,
Die Unſchuld wird ein Gaſt in ſolchem Hertzen,
Die Tugend ſelbſt gewährt ihm Ruh und Luſt.   10
Das Glück muß ihm umſonſt den Rücken wenden:
Was es vergnügt, kommt nicht aus deſſen Händen.

[39]   Ach! mögten bis die Menſchen doch erkennen,
Die insgemein der Thorheit Sclaven ſind,
Sie würden nicht nach falſchen Gütern rennen,   15
Wo ſich der Reu' und Unruh' Anlaß ſind't.
Kein Selbſt=Betrug hieſſ' ihre Freyheit kränken,
Noch Lob und Ruhm dem äuſſern Anſehn ſchencken.

   Wer iſt itzt groß? Der ſich mit Titeln ſchmücket.
Wer war es ſonſt? Der GOtt und Tugend ehrt.   20
Wer ſcheint nun reich? Der, den ſein Gut beglücket.
Allein wer iſts? Der nicht zu viel begehrt.
So täuſcht man ſich und theilt ſein gantzes Leben
In Sorgen ein, dem Blendwerck nachzuſtreben.

25 Ein Weiſer lebt, obwol nicht krumme Griffe
Durch ſtrotzend Gold ihm ſeine Seckel blähn:
Beſchweret gleich ſein wuchernd Gut nicht Schiffe
Und läſſt er gleich nicht Flagg' und Wimpel wehn:
So darf er doch mit Recht ſich glücklich preiſen,
30 Kein frembder Fluch verſaltzet ſeine Speiſen.

Er ſchlummert ſanfft, wann Reicher Sorgen wachen,
So bald der Wind ſich auf dem Dache regt:
Kein Sturm und Nord vermag ihm Angſt zu machen:
Sein ſichres Hertz bleibt immer unbewegt:
35 Sein höchſtes Gut das iſt ſein rein Gewiſſen.
Behält er dieß, was wird ihm dann entriſſen?

[40] Als erſt die Welt ſich blos mit Fellen deckte,
Eh' Ueppigkeit auf Seid' und Purpur ſanu:
Als uns der Schlaf auf Holtz und Raſen ſtreckte,
40 Und noch der Stoltz kein Himmel=Bett gewann:
Da ſchertzten wir bey Kräutern und in Hürden,
Annoch entfernt von itzt-empfundnen Bürden.

Als niemand noch von theurem Schwelgen wuſte
Und Mäſſigkeit aus kleinen Bechern tranc!
45 Da war kein Wolff, mit dem man heulen muſte,
Da ward kein Leib durch frembde Würtze krank.
Die Weisheit ſtand bey allen unſern Trieben;
Ihr war noch nicht der Scheide=Brief geſchrieben.

Was nützen nun die theur-erworbnen Schätze,
50 Um die der Geitz nach fernen Grätzen reiſ't?
Sie bleiben nur der Laſter feſſelnd Netze:
Der gröſte Schatz das iſt ein weiſer Geiſt.
Nach dieſem kan kein frecher Räuber ſtreben,
Es bleibt an ihm kein Diebes=Finger kleben.

55 Auf! auf! mein Hertz, ihm eifrig nachzuringen.
Was gleichet ihm an Majeſtät und Pracht?
Er würckt vielleicht, daß itzt von allen Dingen
Das Glücke dir den kleinſten Kummer macht.
Er waffnet dich: Laſſ' alle Wetter blitzen;
60 Du biſt beſchirmt, kanſt du nur ihn beſitzen.

[41] Will GOtt und Zeit dereinst mein Horn erhöhen:
So nehm' ich es mit Danck und Demuht an;
Doch freu' ich mich gleichgültig anzusehen,
Was andere verführend blenden kan.
Verkläret mir die Weisheit, Witz und Augen: 65
Was werd' ich nicht alsdann zu sehen taugen?

Wolan, mein Geist! du lernest schon dich fassen:
Kein Zweifelmuht setzt deiner Stille zu.
Wann alles tobt, so bleibest du gelassen:
Wann alles stürmt, so bist du voller Ruh.   70
Kan Furcht und Schmertz bey andern Meister spielen:
So lernst du dich und deine Stärcke fühlen.

Wer nicht vorher den Wermuht schon geschmecket,
Weiß kaum wie süß und wol der Zucker thut:
Der, den noch nicht ein Unfall aufgewecket,   75
Erkennt nur halb, wie schön sichs sanffte ruht.
Es können selbst die Widerwärtigkeiten
Uns zum Genuß vollkommner Freuden leiten.

Bist du beglückt und zählst du frohe Stunden:
So weicht dem Stoltz doch beine Tugend nicht.   80
Das feste Band, so dich mit ihr verbunden,
Verleiht dir mehr, als was das Glück verspricht.
So trotzest du mit einem Helden=Blicke
Dem günstigen wie dem erzürnten Glücke.

[42] Dieß, was der Mensch an Wehrt und Grösse heget,   85
Den Unterschied, der Witz und Einfalt trennt,
Hat die Natur in Brust und Geist geleget;
Kein äuffrer Schein hat jemahls dies gegönnt.
Stand, Titel, Pracht und Hoheit ist verlohren;
Wofern uns nicht ein Vorzug angebohren.   90

Du geitzest nicht, mein Sinn, nach grossen Ehren,
Was uns groß macht, das klopft, mein Hertz in dir.
Kan fremder Schmuck die eigne Größe mehren?
Wer raubt dir die, und wer entzieht dich mir?
Du frohnest nicht dem niederträchtgen Neide,   95
Und weist zu wol was Menschen unterscheide.

Durch Trug und Lift zu hohen Würden steigen:
Auf kurße Zeit geschmeichelt und geehrt
Der Nachwelt sich in Schand' und Blöſſe zeigen:
100 Dies scheinet dir wol nicht beneidens wehrt.
Du willt dich nicht in prächt'ge Schlingen wagen,
Noch um ein Nichts dem wahren Wohl entfagen.

Kan denn kein Lob die Freyheit dir entführen
Und giebſt du nicht dem süſſen Thon Gehör,
105 Der andrer Ohr so schmeichelhafft kan rühren?
Es wünschen doch die meisten nichts so sehr.
Du biſt gewiß von jenen niedren Geistern,
Die auch kein Lob vermögen zu bemeistern.

[43] Mich beucht, du willt mir dis zur Antwort geben:
110 Mich schläffert nicht ein knechtscher Lob-Spruch ein.
Dis was mich soll (werd ich einst groß) erheben,
Das muß gewiß was ungleich-edlers seyn.
Kan auch ein Lob noch Kluge übereilen?
Sie müſſens ja mit vielen Thoren theilen.

115 Die Einfalt lobt dis, was sie nicht erkennet,
Die Menschen-Furcht was sie nicht stürßen kan.
Wird ein Trajan von allen groß genennet₎
So betet Rom doch auch Tiberen an.
Heut' ist offt der unsterblich ausgeschrien,
120 Deß Bild das Volck schon angespien.

Ist denn das Lob nur groſſen Leuten eigen?
O nein. Es ist des Glückes Folge-Magd.
Oft taugt der mehr, von dem fast alle schweigen,
Als der, dem man stets Gutes vorgesagt,
125 Und der ist offt der Welt im Zorn gegeben,
Den Stadt und Land geschäftig zu erheben.

So spotte dann so bald entlarvter Künste
Und bleibe taub, so offt ein Heuchler spricht:
Der Nebel-Duft dergleichen giftger Dünste
130 Umwölckt bisher noch deine Einsicht nicht.
Kein Schmeichler macht in dir die Tugend träge,
Die Großmuth schwach, das Selbst-Bewundern rege.

[44]   So bleibe nur ſtets in bir ſelbſt zu frieben,
        Wann beiner gleich kein Zeiten=Buch gebenckt:
        Der wahre Ruhm, ber Weiſen nur beſchieben,   135
        Wirb durch kein Blat verſchwenbriſch weggeſchenckt.
        Iſt man ber Welt wahrhaftig nütz' geweſen:
        So kan man ihn in aller Hertzen leſen.

        Ich merck' es ſchon: ein Trieb will bich entzünben,
        Mit Fleiß unb Luſt ber Weisheit nachzugehn: 140
        Die Großmuht will ber Feſſel bich entbinben,
        In beren Joch ſo viele Leute ſtehn.
        So fahre fort in Demuth unb im Stillen,
        Bey heil'ger Müh' ben Fürſatz zu erfüllen.

[45]   **VI.**

              Der Schwätzer: Satyre.

        HORATIUS. Sat. II. VI. v. 53.

        Num quid de Dacis audisti? Nil equidem. Ut tu
        Semper eris derisor. At omnes Di exagitent me,
        Si quidquam. Quid, militibus promissa, Triquetra
        Prædia Cæsar, an est Itala tellure daturus?
        Jurantem me scire nihil, miratur, ut unum   5
        Scilicet egregii mortalem altique silenti.

        Wann hört mein Leiben auf unb wann erſcheint die Zeit,
        Die von ber Ueberlaſt ber Schwätzer mich befreyt?
        Wie lange muß ich bann bie Leute noch ertragen,
        Die mir ein groſſes Nichts in gantzen Stunben ſagen?
        Ich kam wol, wie es ſcheint, zum Unglück auf bie Welt,   5
        Weil mir ber Thoren Maul ſo unerträglich fällt,
        Daß ich offt zweiffeln muß, wann ihr Gewäſch mich kränckt,
        Ob Zeit unb Stunben bann ſo flüchtig, als man benckt.
        Balb kommt unb martert mich ein häm'ſcher Frage=Geiſt,
        Der mir bie Zeit verbirbt unb bie Gebult entreiſſt.   10
        Woran gebencken ſie? An wen ſoll dieſes Schreiben?
        Was mag ber Innhalt ſeyn? Wirb man zu Hauſe bleiben?

Erwarten sie Besuch? Wo ging man gestern hin?
Wer weiß, wie offt ich dann von ihm befraget bin:
15 Wie offt er mir verspricht, so wie ein Stein zu schweigen
Und mein Geheimniß nie den Leuten anzuzeigen!
Laß' ich ihn endlich dann mit einer Lügen gehn:
So kan ich sie gewiß sehr bald verbreitet sehn,
Und man betheuret mir nachher in kurtzen Stunden
20 Ein ihm entdeckt Gedicht', das ich doch selbst erfunden.
[46] Der hört sich selber gern und singt mir, welch ein Thor!
Den halben Flaccus offt bey seinem Zuspruch vor,
Als wär er mir so fremd' und hätt' ich nicht gelesen,
Wie Schwätzer seiner Zeit auch ihm verhaßt gewesen.*)
25 Ein andrer quälet mich und fragt mich um mein Glück:
Wie mich der Göhner hilfft, und wann der Augenblick,
Der meinen Nahmen soll mit einem Titel mehren,
Sich einst zu meinem Trost wird gleichfals zu mir kehren?
O, denck ich, dieß geschieht ohn deinen Beytrag wol,
30 Der Himmel weiß die Zeit, die mich beglücken soll.
Der Große Friederich hebt endlich die Beschwerden:
Er ist der Länder Heil und wird ja meines werden.
Ich schweige. Doch umsonst. Er fängt zu loben an,
Und schwört, daß mancher sich bereits hervorgethan,
35 Der nicht mit meinem Fleiß nach Glück und Witz gerungen,
Dem die Unwissenheit mehr, denn Verdienst, gelungen,
Der sein Französisch so, als wie ein Wende, spricht — —
Halt't ein. Erhebt ihr mich, so schimpffet andre nicht,
Und laßt sie spornenstreichs zum Ehren = Gipffel eilen:
40 Ein unverdientes Glück will ich mit keinem theilen.
Das weite Norden zeigt durch vieler Beyspiel an,
Wie immer Witz und Kunst dort Zuflucht finden kan:
Es darf kein Musen=Sohn am Belte brodlos sterben:
Verdienste werden stets des Königs Huld erwerben.
45 Es zeigt sein weises Volck noch manchen Bartholin,
Noch manches Amthors Geist, dem dieser Glücks=Stern schien:

---

*) Der Caracter eines Schwätzers wird von dem Horatio
unverbesserlich beschrieben in der neunten Satyre des ersten Buchs.

Und ich ereile noch mit freudigem Gemüthe,
Aus angebohrner Treu, die Königliche Güte.
[47] Macht mich die Vorsicht dann von diesem Fürwitz los:
So wird durch andere die Noth noch eins so groß.   50
Man kömmt, und forscht und fragt bey diesen trocknen Zeiten
Nach dem geheimen Kern gewisser Neuigkeiten:
Beurtheilt, was Soissons vom nahen Frieden schreibt,
Und weiß, daß Engelland fest bey Gibraltar bleibt:
Man fängt zu streiten an: ob Unruh' oder Frieden,   55
Nach oft=gepflognem Rath, Europen sey beschieden.
Ich hör' und horche zu, und alles, was man spricht,
Ist der Avisen Stoff, der Zeitungen Bericht,
Den jeder deuten will, und sich scheint zu bequemen,
Noch manchem Sinzendorf die Mühe abzunehmen.   60
    Noch einer macht sich breit und ist Geheimniß=voll,
Red't alles im Vertrau'n, will daß man schweigen soll,
Und sagt mir viel ins Ohr von großgemachten Dingen,
Wovon die Kinder schon auf allen Gassen singen:
Dann ist des Coffes Werth und frischer Austern Preiß   65
Sehr offt das wichtigste von allem, was er weiß.
    So drückt mich mein Geschick', und ich kan, welch ein
                                              Leiden!
Durch keine List noch Kunst der Schwätzer Anfall meiden:
Offt mach' ich, mir zum Schutz', ein saures Angesicht
Und lege Runtzeln zu; doch dieses hilfst mir nicht.   70
Was, spricht ein guter Freund, umwölcket deine Stirne?
Du machst, ich seh' es schon, Calender im Gehirne.
O Nein. Mir fehlet nichts. Das sage andern itzt.
Was ist es vor ein Ding, das dir im Kopfe sitzt?
Allhier bemüht er sich den Ruh=Stand eines Weisen   75
Und die Zufriedenheit weitläufftig anzupreisen,
Bis er so manchen Trost im Reden angebracht,
Daß er den Seneca an Lehren arm gemacht.
[48] Alsdann erzehlt er mir, wie viel Geschwür und Schaden
Ein unglückseger Fall ihm auf den Leib geladen: 80
Wie noch sein bester Trost in dieser grossen Pein,
Mit Freunden, die er liebt, offt im Gespräch zu seyn.

Da muß ich Armer dann, obgleich ich jähne, wissen,
Wie manches Fontanell ein Arzt ihm setzen müssen:
85 Wie manches Pflaster schon ihm der Barbier verschmiert,
Und was vor Munterkeit er nach dem Hirsch-Horn spürt:
Wie er des Nachtes schläfft und wie viel Stahlsche Pillen
Ihm seinen Magen schon bis an die Mündung füllen.
Allein, ich hindre sie vielleicht an ihrer Ruh'?
90 Nicht sonderlich, mein Herr: (ich höre wenig zu).
Heißt meine Rede sie nicht ihren Schlaf verschieben:
Wolan! so sag' ich noch, was unerwehnt geblieben.
Weh mir! Dies ist zu viel. Er geht noch nicht nach Hauß:
Es ist schon Mitternacht. Ach lösch die Lichter aus!
95 Ach schleicht euch heimlich fort! und lasset, uns zu rächen,
Den ew'gen Schwätzer nur mit tauben Wänden sprechen.

[49]   VII.

Der Arzt: Satyre.
Günther: I. Theil, p. 340.

Mit dem Doctor kaum zwey Jahr flüchtig durch den Sennert lauffen,
Hunde würgen, Feuer sehn, Pillen drechseln, Kräuter rauffen,
Auf gerahte-wohl verschreiben, andre neben sich verschmähn,
Und sich bey dem Sterbe-Bette in der Staats-Peruque blähn,
5 Ist so thöricht, als gemein, thut auch selten grosse Wunder.

Der kühne Clistorell, des Aesculapens Sohn,
Vor dem kein Schwindel wich, kein Husten je geflohn,
Erscheint, als Doctor, nun, und darf, nach kurzem Reisen,
Von seinem Henckern itzt den grossen Schutz-Brief weisen.
5 Es wird der Tod erfreut: Wer kan ihm nun entgehn?
Er scheinet mit dem Arzt sich heimlich zu verstehn,
Und sich zugleich mit ihm einmüthig zu bemühen,
Dem Leibe, der sich quält, die Seele zu entziehen.
Er schwebet um ihn her: ich seh' ihn, wie mich beucht,
10 Ich seh' es, wie er ihm Glaß, Form und Tiegel reicht,
Die Scrupel mit ihm wägt, ein Lebens-Oel bereitet,
Und zu den Krancken ihn stets hin und her begleitet.

Der Doctor brüſtet ſich. Wer iſt ſo groß, als er?
Wer grüſſt, wer kennt ihn nicht? Iſt etwas ihm zu ſchwer?
Stein, Scharbock, Fieber, Krampf, Gicht, Anfall, Krebs
                         und Beulen,   15
Verlähmung, Lungen-Sucht und alles will er heilen.
Sein Urtheil trieget nie und wird offt ſo entdeckt,
Daß es den Krancken mehr, als ſeine Kranckheit ſchreckt.
   Er iſt Geheimniß-voll und weiß von vielen Dingen,
Die ihm allein bekannt und jede Noht bezwingen.   20
[50]Der Ofen wird geheitzt, den er erſt ſelbſt erſann:
Man ſetzt die Kolbe drauf: ſetzt Hermes Siegel dran:
Der Sand wird aufgehäufft: die Röhre feſt verſchmieret,
Und ſo mit Furcht und Angſt ſein Weinſtein deſtilliret.
Er miſchet Entian zum Ambra, Gold zu Graus: 25
Er dencket mit der Zeit ein neues Pulver aus,
Und feyert nimmermehr in ſeinem gantzen Leben,
Vor andrer Tod und Pein ſich täglich Müh zu geben.
   Die Krätze hat er leicht zur Schwindſucht zugericht't:
Man ſieht das Seiten-Weh bey ihm zur Glieder-Gicht,   30
Des kurtzen Athems Laſt ſehr bald zu Miltz-Beſchwerden,
Und dieſe wiederum zur ſtärckſten Tobſucht werden.
   Was er am liebſten ſieht, das iſt ein Krancken-Bett;
Hier macht er Alte dürr' und Waſſerſücht'ge fett:
Verlängert Noht und Pein, verkürtzet Kräfft' und Jahre;   35
So wird, wo er erſcheint, dies Bett ein Bild der Baare.
   Hier ſtützt ein armes Weib ihr ſchwartz-umfloortes
                             Haupt,
Denn ſie beweint den Mann, den ihr ſein Pulver raubt:
Dort muß ein junger Sohn den Vater früh verlieren,
Und fluchet den von ihm verſchriebnen Elixiren.   40
   Den wirfft ſein Spiritus ſehr zeitig in das Grab,
Dem ſtößt ein Vomitiv das Hertze peinlich ab,
Den würgt ſein Pillen-Kram, der muß durchs Saltz
                            erblaſſen,
Der ſtirbt am öfftern Schweiß, und der am Aberlaſſen.
Er übertrifft die Peſt und iſt der Seuchen Bild,   45
Weil er faſt gantz allein den Todten-Zettel füllt.

So wohl heilt Cliftorell, der durch gedruckte Bogen,
Die Bürgen feines Wehrts, die Welt fchon offt betrogen.
Er prahlt, er fchneidet auf, bezeuget und beweif't,
50 Mit welcher Würdigkeit man ihn Herr Doctor heifft.
[51] Man hat das Blat umfonft, und kan erftaunend lefen,
Wie richtig feine Kunft bey manchem fey gewefen.
Wie viele lockt er an! mit welchem frohen Sinn,
Mit welcher Zuverficht eilt jeder zu ihm hin!
55 Geilinde, die bereits auf junge Freyer dencket,
Nun ihren fchwachen Greiß ein jäher Stick=Fluß kräncket,
Eilt voller Ungedult zu dem berühmten Mann,
Der fie, wie fie längft wünfcht, zur Witwe machen kan.
Er kömmt: Der Krancke ftirbt. Sie darf fich lebig fehen,
60 Und er zur Danckbarkeit auch mit zur Leiche gehen.
Ein Stutzer, der fein Gut fchon mehrentheils verbracht,
Und auf des Oheims Tod die fichre Rechnung macht,
Um endlich höchftvergnügt die vollgefüllten Kaften,
Zum Troft der Gläubiger, als Erbe, zu entlaften,
65 Nimmt diefen Helffer an, dem er den Beutel fpickt,
Und, als voraus bezahlt, zum kargen Krancken fchickt.
Er wird ihm, wie er weiß, gewiß den Tod verfchreiben;
Kan denn das Hand = Geld wohl noch gröffren Wucher
treiben?
O Nein: Er hat es hier vortreflich angelegt.
70 Der Alte, den man bald zu feiner Grube trägt,
Wird noch wol angeklagt, daß feinem vielen Effen
Und feiner Schleckerey der Sterb=Fall beyzumeffen.
Der Arzt verfieht es nie, und wird ftets beym Galen
Des armen Krancken Schuld, des Todes Anlaß fehn:
75 Doch fährt er weiter fort, in Fleifch und Blut zu wüten;
So kan der ftärckfte Leib ihm kaum die Spitze bieten,
So weiß ich, daß er bald noch mehr, als Schwerdt und Peft,
Das hartgeftraffte Land zur Wüften werden läfft.

[52] VIII.

Satyre von dem unvernünftigen Bewundern.*)

HORATIUS. Ep. I. VI.

Nil admirari, propè res est una, Numici,
Solaque quæ possit facere et servare beatum.
Hunc Solem et stellas et decedentia certis 5
Tempora momentis, sunt qui formidine nulla
Imbuti spectent. Quid censes munera terræ?
Quid maris extremos Arabas ditantis et Indos?
Ludicra quid, plausus et amici dona Quiritis?
Quo spectanda modo, quo sensu credis et ore? 10
Qui timet his adversa, fere miratur eodem,
Quo cupiens pacto.

Vom Lauffe der Natur, von Dingen so gescheh'n,
Nichts mit Bewunderung ohn Ursach anzusehn,
Und daß kein Mensch die Macht, uns zu verblenden habe,
Dieß, deucht mich, ist allein der wahren Weißheit Gabe.
Wie glücklich ist nicht der, so dieses Firmament, 5
Der Sonnen Lauff und Bahn, der Sterne Größe kennt,
Dem auch die Schöpfungs = Art des Allmacht = Spruchs:
          Es werde!
Der Wesen Zeugungs=Krafft, der Lauff, der Punct der Erde,
Des Meeres Ebb' und Fluht, die Himmels=Lufft, der Wind,
Der Zeiten Witterung nichts unerforschtes sind! 10
Des Welt=Bau's weiter Raum, Blitz, Donner, Sturm
          und Keile,
Der Cörper Krafft, Figur, Bewegung, Lage, Theile,
[53] Gesetze, Schwere, Druck, Veränfdrung, Widerstand,
Schall, Wärme, Licht und Stral, nichts ist ihm unbekannt.

---

*) Die ihrer Neider ungeachtet beliebte Hamburgische Matrone,
so von einer scharfsinnigen und unverbesserlichen Feder herrühret,
und bey uns dem Patrioten noch zur Zeit am glücklichsten nach-
geeifert, hat diese Satyre in dem funfzigsten Stücke vorigen Jahres
drucken lassen. 5

4*

15 Er weiß die Möglichkeit und Würcklichkeit der Dinge,
Wie aus der Einheit Schooß des Gantzen Band entspringe.
Ihm ist das ferne Ziel der Theilbarkeit entdeckt.
Ihm bleibt in der Natur kein Raum, kein Grund versteckt,
Da nicht ⸱ kein weiser Geist, ihr Wesen zu ergründen,
20 Kan einen Ueberfluß der reinsten Freuden finden.
    Geschärfter Einsicht Licht ist Dunst- und Zweifel-los,
Nichts ist auf dieser Welt so, wie die Seele, groß,
Weil ihr Gebrauch und Zweck der edelste von allen,
Und die Unsterblichkeit nur ihr ist heimgefallen
25   Der Weisen höchstes Gut, das alles überwiegt,
. Ist der Betrachtung Lust, so ihren Wunsch vergnügt,
Der wohlvergoltne Fleiß, der Wahrheit nachzudencken,
Kan ihnen grössers Heil, als Stand und Reichthum,
                            schencken.
    Sie lockt kein Eigen-Nutz; Warum? Sie suchen nur
30 Des Nächsten wahres Wohl, die Kenntniß der Natur.
    Gleichgültig seh'n sie nur der Menschen Thun und Lassen,
Der Leidenschafften Frucht, Verdruß, Lust, Lieben, Hassen,
Begierden, Ruhmsucht, Geitz, Verwundrung, Schrecken, Pein,
Des einen Fall und Sturtz, des andern Steigen ein.
35 Sie lächeln, wenn ein Hertz, getäuschet und verblendet,
Die meiste Lebens-Zeit auf saure Fehler wendet,
Wann irrend, ohne Grund, der meisten Anzahl offt
Bald thöricht dieß gescheut, bald thöricht das gehofft.
    Sie bleiben unbewegt in einer weisen Stille,
40 Der Vorsicht Fügungs-Schluß ist stets der Klugen Wille:
Kein sonst verehrter Schein, kein Ansehn, keine Pracht,
Ist, was ihr Hertze blind, ihr Urtheil straucheln macht.
[54] Sie lassen zwar das Volck an Schaalen sich ergetzen,
Doch wissen sie den Kern, die Seele selbst, zu schätzen.
45 Der mächtigste Monarch scheint ihnen schwach und klein,
Und sonder edlen Geist nicht groß, nicht hoch zu seyn.
    Ein Herr, den die Gebuhrt auf seinen Thron erhebet,
Vor dem der Unterthan, so wie der Feind, erbebet,
Des blosser Nahme schon ein gantzes Reich gewinnt,
50 Dem nie was widersteht und Fürsten zinsbar sind,

Auf deſſen Ruf und Winck unzählige Standarten
Und das geſcheuchte Volck der Ueberwundnen warten,
Den ſtetes Sieges=Glück zu Helden=Thaten führt,
Der, wie ein irdſcher Gott, die halbe Welt regiert,
Verlarvet nur umſonſt der Leidenſchafften Blöſſe,   55
Mit ſeiner Majeſtät, mit ſeiner Herrſchafft Gröſſe.
Wofern ſein weiſer Sinn nicht aller Knechtſchafft frey;
So will die' Wahrheit nicht, daß er verewigt ſey;
So dient die Würde nur, ſein Laſter zu erhellen:
Der König kan bey ihm den Menſchen nicht verſtellen.   60
    Ein Weiſer unterſucht, ob in die Crone nicht
Der Mißbrauch der Gewalt den Dorn der Reue flicht.
Thrannen, ſo die Macht zu der Gewalt erhoben,
Wird wol die Menſchen=Furcht, doch nicht die Weisheit, loben.
Der ſeine Völcker quält wird voller Marter ſeyn,   65
Auf ſeiner Sünden Luſt folgt des Gewiſſens Pein,
Da die bewehrte Schaar, ſo vor dem Pallaſt wachet,
Nicht ſeinen gröſten Feind, den Kummer, flüchtig machet.
    Du, Nero, quälſt die Welt, und dein Gewiſſen dich:
Tu praſſeſt nur umſonſt, gecrönter Wüterich,   70
Du kanſt in deinem Schmuck, bey deiner Schmeichler Hauffen,
Von tauſenden bedient, aus güldnen Schaalen ſauffen.
[55] Was nützt dein falſches Wohl? was die ſo theure Pracht?
Was deiner Crone Glantz? was deines Scepters Macht?
Auf! Auf! Verſuche nur die Sorgen, ſo dich kräncken,   75
Im ſüſſen Wein und Moſt auf ewig zu erträncken:
So Lieb' als Wolluſt ſey der Gaſt bey deinem Mahl:
Das ſchönſte Spiel erthön in deinem Speiſe=Saal:
Beym wählenden Genuß ſo vieler Leckerbiſſen
Vergällt dir Speiſ' und Tranck dein beiſſendes Gewiſſen; 80
Es eilt, unſtäter Fürſt, dir in dein Schlaf=Gemach,
Auf deinen Thron und Sitz, und auf den Schau-
                                        Platz nach;
Und daß kein Augenblick dein mürbes Hertz erfriſche,
So wird die Angſt dein Gaſt, und ſetzt ſich mit zu Tiſche.
    Die Tugend iſt nicht oft der Fürſten Eigenthum,   85
Und ohne ſie beſteht kein ſonſt erhaltner Ruhm.

Was ist ein grosser Geist? der, dem Verstand und Willen
Dort keines Irrthums Gift, hier keine Laster füllen:
Der sich so, wie er ist, stets unverändert zeigt,
90 Und den Begierden stets den steiffen Nacken beugt:
Dem jeder Ehr' und Lob, der selbst sich keines giebet,
Der so den Himmel kennt, als ihn der Himmel liebet.
Erwegt der Leute Thun und seht die Menschen an;
Dann sagt mir, ob man auch noch Grösse finden kann?
95 Euch blendet zwar der Schein: ich aber unterscheide
Der Weißheit grobes Tuch von eines Thoren Seide,
Und, weil mein Hertze nur der echten Wahrheit hold,
Der Tugend schlechten Staub von stoltzer Laster Gold,
Den Biedermann zu Fuß vom Schwelger in dem Wagen,
100 Und von dem Dünckel=Geist, den prächt'ge Senften tragen.
Wie wird es, spricht Paßquin, dir nun von statten gehn!
Man wird die halbe Welt von dir gestriegelt sehn;
[56] Denn willt du weiter noch von Thorheits=Mustern schreiben,
So werden wenige hier unerwehnet bleiben.
105 Du irrst: Satyren sind nicht meiner Feder Frucht,
Die Bosheit schärfft sie nie, noch bittre Tadelsucht.
Ich will der Thorheit nur, nicht ihren Sclaven, fluchen,
Und sonder Unterlaß die Weisheit eifrigst suchen.
Allein wo sind ich sie? Wo wird sie dann entdeckt?
110 In der gelehrten Welt scheint sie mir noch versteckt.
Sie wird, wo nirgend sonst, im Reich der Notionen
Und auf dem hohen Stoß der Schüler Vasquez thronen.
Ja, ja. Ihr Violet erwärmt so manches Haupt,
Dem nichts die Zeugungs=Kraft oft pfünd'ger Schrifften
                                                    raubt,
115 Das sich der Barbarey mit Macht zuwider stellet,
Den, welcher anders glaubt, durch derbe Sätze prellet,
Und immer, wann man fragt, was es zum Streit gebracht?
So gleich zur Antwort giebt, daß es die Weißheit macht.
Doch nein. Hier lehrt sie nicht. Sie ist mit stillern Minen,
:20 Mit Ehrfurchts=werthem Blick sonst dem B o e t h erschienen.
Gewiß, ich fehlte schon. Ein staubigter Pedant,
Der die Bescheidenheit aus seiner Seelen bannt,

Der wen'ger denckt, als lief't, und, bey vergälltem Zancken,
Ein unvernünft'ger Feind vernünftiger Gedancken,
Wird nicht durch Grobheit groß, durch Schulwitz ungemein, 125
Durch Eigensinn beliebt, durch Klügeln weise seyn.
Sein niederträchtig's Hertz empfindet keine Stärcke,
Des Geistes Mattigkeit entkräfftet seine Wercke.
Was ein verschriebner Kiel aus tausend Büchern schmiert,
Ist wie ein scharffes Schwerdt, das ein Beseß'ner führt, 130
[57] Und die verlegne Last der eckelhaften Lehren
Kan fast in jeder Schrifft die Landes-Straffen mehren.
Es fröhnt ein blinder Zorn der stillen Weisheit nicht,
So oft ein Timon lermt, wo man ihm widerspricht,
So oft er zischend knirscht, und ihm, bey Spott und
                         Schrauben,   135
Die Winde des Gehirns aus seiner Nasen schnauben,
Der Bosheit funckelnd Feu'r in seinen Augen brennt,
Wann er bey heiserm Schmähn des Gegners Nahmen nennt,
Bey jeder Antwort schäumt, und jeden Satz begeifert,
Nicht um der Wahrheit Ruhm, doch wol um seinen,
                         eifert,   140
Und, bis er seinen Feind recht scheußlich vorgebild't,
Zehn Dinten-Fässer leert, und hundert Bogen füllt.
  O nein. In dieser Wuht und in so wildem Wesen
Kan, wenn ichs sagen darf, ich nicht die Weisheit lesen;
Noch in dem Eigensinn von manchem Diogen   145
Des weisen Socrates sittsame Demuth sehn.
  Ha, denckt ein Stutzer hier, dieß sind bekannte Sachen:
Ich weiß die Wissenschaft großmüthigst zu verlachen:
Ma foi, ich bin galant. Ein Schul-Fuchs werd' ich nicht.
Mein Schneider giebet mir den besten Unterricht.   150
Wer kennt so gut, als ich, des Aufschlags rechte Länge,
Des Ausschnitts um den Hals, des netten Knopflochs Enge?
Ich weiß was in Paris der Hof vor Moden trägt,
Wie man aufs zierlichste die Beine Creutz-weis legt.
Was darf ich mir den Kopf mit vielem Grübeln brechen? 155
Ich kan ja ohne dieß von allen Dingen sprechen.

Mein Bücher-Vorraht prahlt; denn die Octavia
Und Opern=Bücher gnug stehn aufgeschnitten da.
[58] Parbleu! was will ich mehr? ich kan ohn' tieffe Lehren
160 Bal, Assembleen, Spiel, und unsre Börse mehren.
Mein Kleid verewigt mich. Kein Mensch ist auf der Welt,
Dem Locke, Tour, Topps so an die Stirne fällt.
Mein Tantzen trotzt beym Schwung der wohlgewachsnen
taille,
In dem geringsten pas der gantzen pedantaille.
165 Ist mein Frantzösisch doch so zierlich, rein und schön,
Daß auch die Teutschen selbst ein jedes Wort verstehn.
Was nutzen Grillen mir? Ich laß' die Sterne lauffen,
Kan ich auf Erden nur stets guten Rhein=Wein sauffen.
Was geht beym Lombre-Tisch mich Kunst und Weisheit an,
170 Wenn ich, den Meistern gleich, die Carten mischen kan?
So tröstet sich Cleant, sehr mit sich selbst zu frieden,
Daß sein galanter Witz die Wissenschaft vermieden.
Er setzt dem eiteln Putz des Lernens Ungemach,
Und seinem Müßiggang den Fleiß der Klügsten, nach.
175 Wie würden die sein Thun nicht unvergleichlich schätzen
Den oft sich spiegelnden Narcissen wol verletzen!
O wie bewundert nicht Cleante seinen Geist,
Wann er den Wirbel streicht, die Schenckel ausgespreiss't,
Mit oft gekröpfftem Kinn und schielen Seiten=Blicken
180 Die Liebe, so ihn neckt, bey Schönen auszubrücken!
So hält sich jeder klug, so sehr er auch bethört,
Und glaubet, daß auch er die Zahl der Weisen mehrt.
So sieht man jederzeit die neuen Egoisten
Sich in dem süssen Traum der Eigen=Liebe brüsten.
185 Sie rührt kein ander Ding, als nur ihr eignes Ich:
Sie finden auf der Welt nichts treflichers denn Sich.
Weil in der meisten Sinn die Weisheit sich verlohren,
So scheinet mir die Welt ein Tollhaus vieler Thoren,
[59] In dem der eine mehr, der andre wen'ger, gilt,
190 In welchem einer stets des andern Narrheit schilt,
Obgleich sie insgesammt den rechten Weg verfehlen,
Und nur, wie jeder will, verschieb'nen Irrthum wehlen.

Es lacht ein hündscher Filtz, der alle Kosten haff't,
Wann ein Verschwender schwelgt, der Haab und Gut
verpraff't,
Und bald nach trotz'gem Stoltz, nach Lieben, Reiten, Spielen, 195
Wird die Barmhertzigkeit Hülff-reicher Juden fühlen.
  Nicht anders lacht zugleich beym Mädgen, Wein und
Schmaus,
Des Geitz'gen Frost und Durst ein satter Prasser aus,
Er spottet, wann sein Schweiß für frohe Erben scharret,
Und denckt: Kein grössrer Narr, als der für andre narret. 200
  So ist's: Ein jeder meint, daß er nur Fehler-frey,
Daß alles, was er thut, der Weisheit Würckung sey.
Sein Irrthum wieget ihn in diesem sichern Hoffen,
Daß immer sein Entschluß das rechte Ziel getroffen.
  Ich, den ein jeder Tag mit Ueberzeugung lehrt,   205
Wie wen'ge Sterbliche der wahren Ehre wehrt,
Kan, bey der meisten Wahn und eitelem Bemühen,
Aus andrer Thorheit mir die besten Lehren ziehen:
Doch hat kein Menschen-Haß mir Hertz und Sinn vergällt.
  Ich bin, durch die Gebuhrt, ein Bürger dieser Welt: 210
Der allgemeine Fehl, die allgemeine Liebe
Erfodert Mitleid dort, und hier geneigte Triebe;
Drum laß ich, ohne Groll, und ohne Neid und Pein,
Den einen glücklicher, den andern klüger seyn,
Bald diesen an Verstand, bald den an Würde steigen, 215
Mich treibet Ruh' und Pflicht zum Sehen und zum Schweigen.
[60] Die schönste Stachel-Schrifft setzt öfters in Gefahr:
Der Reim geräht dir wohl, dein Leser lächelt zwar,
Ein jeder kan vielleicht des Vortrags Wahrheit loben,
Doch eben diese reitzt die Macht und List zu toben. 220
  Ein Freund, der mir geneigt und durch geübten Fleiß,
Die Fügung des Geschicks, der Sterne Einfluß weiß,
Heisst mich das Laster schau'n, nur nicht dasselbe schelten,
Nicht die, als Nullen, schmähn, so nun, als Ziffer, gelten.
  Kein Fieber, sprach mein Freund, nicht Schwindsucht,
Gicht noch Stein, 225
Kein Degen und kein Gifft wird dir gefährlich seyn:

Nur Thoren, weil sie sich bewundert wissen wollen,
Sind die, so, wie es scheint, dein Leben quälen sollen.
Die Warnung schrecket mich: ich seh und schweige still,
230 Und zähme Mund und Kiel, so oft er sticheln will:
Doch, weil die Thoren mir und meinem Leben dräuen;
So muß ich ja mit Recht die meisten Leute scheuen.

[61]   IX.

Der Poet: Satyre.

Günther I. Th. p. 289.

Was ist es denn nun mehr, wenn meine Muse spricht:
Bav sey ein ehrlich Kerl, nur dichten könn' er nicht?
5   Im Hertzen war Despreaux dem Chapelain gewogen,
An dem er doch mit Recht das Reimen durchgezogen.

Reptilis, ein Poet, in dem der Schmiersucht Geist,
Ein frost'ges Wortspiel Saltz, und Reimen Dichten heißt,
Gedenckt, jedoch umsonst, durch sein verstimmtes Singen
Den Ruhm der Treflichkeit der Nachwelt abzuzwingen.
5   Zu läuffig ist sein Kiel, zu eilend seine Hand,
Zu kühn sein eitler Wunsch, zu kraftloß der Verstand,
Um neben Königs Sitz und an der Musen Seiten
Durch seiner Lieder Wehrt die Stelle zu erstreiten.
Gewiß der Ehren=Krantz, den Zeit und Nachwelt
flicht,
10   Gehört, ich schwör' es fast, um solche Schläfen nicht,
Und man gebrauchet mehr, als ein gereimt Geschwätze,
Damit noch ein Gedicht der Enckel Aug' ergetze.
Es muß ein edler Geist den Leser an sich ziehn,
Soll anders eine Schrift Staub, Wurm und Trödel fliehn,
15   Und soll man dich nicht einst beym schwülstgen Männling
binden,
So muß ich mehr bey dir, als richt'ge Sylben finden.
Kein nur gemeiner Geist nimmt Hertz und Regung ein
Das Etwas, das entzückt, muß ungleich=edler seyn,

Was Canitz groß gemacht und Bessern hat erhoben,
War nicht der bloße Reim, doch wohl ein Zug von oben: 20
[62] Der Wörter kluge Wahl und ein beglückter Trieb,
So nimmer sich verstieg und bey der Wahrheit blieb,
So, weil er jederzeit durch eigne Schönheit reitzte,
Nicht nach dem frembden Schmuck erborgter Schmincke geitzte:
Ein Geist, der die Natur nie sich verstellen hieß,   25
Der seine Sprache nicht erst lang' errathen ließ:
Ein Kiel, der fliessend-starck und reitzend-männlich schreibet,
Daß sein so schöner Reim sein kleinster Zierraht bleibet.
    Dieß raubet ihr Gedicht itzt der Vergänglichkeit,
Dieß machet es zur Lust der spätsten Folge-Zeit: 30
Denn, weil sie nichts zu groß und nichts unkenntlich machten,
So dachten sie sehr wol und schrieben, wie sie dachten.
    Wie viele sind noch weit von dieser Spur entfernt,
Die noch nicht deren Wehrt und Vorzug ausgelernt,
Und in der Meynung stehn, sie schreiben schöne Sachen, 35
Wann sie den zehnten Vers aus neun verdrehten machen!
    Was machts? Man prüft sich nicht, wie weit die
                                        Kräfte gehn,
Und ob uns die Natur mit einem Pfund versehn,
Ob sie bey der Gebuhrt uns mit dem Zug beglücket,
Der feurig und belebt, und sich zur Dicht-Kunst schicket, 40
Der, wann er dichten will zu seines Vortrags Schluß
Der alten Götter Schwarm nicht erst versammlen muß.
Was hilfft es Reim und Reim und Wort und Wort
                                        verbinden?
Man soll dies, was man setzt, vorhero selbst empfinden,
Was deine Mus' entdeckt, Verwundrung, Liebe, Pein   45
Muß nicht durch Kunst verstellt, es muß gefühlet seyn.
    Dieß mercke sich Barbin, der, da doch nichts ihn
                                        zwinget,
Sich aus dem Schulstaub wagt und von der Liebe singet.
[63] Wie, sprichst du, der Pedant, der nichts, als Griechisch kan?
Er selbst, er und sein Reim, nimmt eine Chloris an.   50
Barbin, der weil ihm noch der Schönen Umgang fehlet,
Aus seiner Wäscherin die groben Züge wehlet,

Die, wann sich auf dem Pult' offt Kiel und Witz verirrt,
Nun bald, nach Zesens Art, ein Rosemündgen wird.
55 Kein angenommner Schein der schönsten Eigenschaften
Macht uns der Welt beliebt, und kan ans Hertze haften:
Du willt recht frölich seyn. Was hilfft dein Stellen?
Nichts;
Der Augen Feuchtigkeit, die Farbe des Gesichts,
Der falben Nägel Frost wird dein gezwungnes Lachen
60 Und deines Schertzens Kunst bey jedem fruchtlos machen,
Ein Krancker scheint umsonst vergnügt und aufgeweckt:
Sein Zustand wird erkannt: Sein Siechseyn wird entdeckt,
Du weinst. Vor Lachen? Ja. Die Thränen seh' ich quellen;
Doch kan der falschen Naß die wahren nicht verstellen.
65 Selbst ein Verdrießlicher hat etwas im Verdruß,
Das der Natur gemäß und uns gefallen muß.*)
Folgt eurem Triebe doch: Sonst wird euch nichts gelingen:
Es wird euch die Natur, und ihr nicht diese zwingen.
Wie nimmt man nicht mit Recht an aller Römer Heil,
70 An ihrer Staats Gefahr, an ihrem Schrecken Theil?
Wie wird man aufgebracht und gleichsam mit ergrimmet,
Wann, was dem Vaterland' ein Catilin bestimmet,
Mord, Unruh', Untergang, Noht, Knechtschaft und Verdruß,
Ein ew'ger Cicero dem Raht' entdecken muß?
75 Mich deucht, ich fühle fast des grossen Redners Schmertzen:
Sein Fluch verdoppelt sich so gleich in meinem Hertzen,
[64] Und droht mit Straff' und Beil: ich breche selbst den Stab.
Ich spreche Catilin mit ihm das Leben ab.
Ich seh schon, seh' ich recht, hier jeden sich entfärben;
80 Ein jeder spricht von selbst: Lasst den Verräther
sterben!
Wie unerwartet=starck! wie überredend=schön!
Scheint die Beredsamkeit dem Kläger beyzustehn:
Wie pflichtet man ihm bey! Wie weiß er zu bewegen!
Es eilt ihm aller Ja, noch eh' er schliesst, entgegen.

---

*) Un Esprit né chagrin plait par son chagrin même.
Boileau Epitre IX.

Woher? Weil Großmuth, Ernst, Schmertz, Eifer,
                    Rache, Pflicht,   85
Und wahre Leidenschaft aus seinen Lippen spricht,
Weil dies, womit er lockt, und dies, womit er schrecket,
Stets nach dem Cicero und nicht nach Künsteln schmecket.
       Allein wer eilet nun so grossen Meistern nach?
Man ist zu Regeln=scheu, man macht sich selber schwach, 90
Streicht offt was schönes aus, und zeigt in keinem Wercke
Der Sprache der Natur uns angebohrne Stärcke.
Die Zahl ist gar zu klein, die jenen Zug empfindt,
Durch welchen ein Virgil den Baven überwindt,
Uns Gottscheds Muse mehr, als — — Vers vergnüget, 95
Und Günthers flücht'ger Schertz Paullinens Fleiß
                    besieget.
       Die Ursach zeigt sich leicht. Ein jeder dichtet itzt.
Man langt das Schreib=Zeug her, die Feder wird gespitzt,
Die Hand eilt fliegend fort, der Bogen ist gefüllet,
Der Reim und Fleiß vollend't und unser Wunsch gestillet, 100
Eh sich der Schreiber selbst aus Fürwitz abgefragt,
Was er doch eigentlich in seinem Reim gesagt.
       Seht! so vermindern sich die wahren Musen=Söhne;
Noht, Einfalt, Eigennutz und Unsinn stimmt die Thöne.
[65] Es wird die Poesie die Magd der Schmeicheley   105
Und macht ohn' Unterscheid ein heisres Lob=Geschrey.
So raas't der Dichter Schwarm, der keine Stärcke fühlet:
Denn, wann ihr armer Kiel gleich fremden Reichthum stiehlet,
Und in dem Opitz sich beglückt verirren kan;
So kömmt der Musen doch zu bald das Heimweh an. 110
       Ein Gönner, den Verdienst, und Zeit und Glück erhöhen,
Wird seinen neuen Stand nie unbereimet sehen;
Ein jeder Pfutscher drängt sich in sein Vorgemach
Und ruft den Glückwunsch ihm bis zu der Treppen nach.
Wie könnte wol die Zunft der Grabulanden*) feyern, 115
Sein schon Land=kündigs Lob ihm hungrig vorzuleyern?

------

*) Es giebt gewisse Prätendenten des Parnasses, die man
leichtlich an ihrem Gesange erkennen kann, und von vielen

[66] Er kriegt das nasse Blat: es muß des Lesens Pein
Bey seiner Würbe dann die erste Bürde seyn,
Und er ist manchen Reim gezwungen anzunehmen,
120 Den auch ein Gassen=Lied vermögend zu beschämen,
In welchem der Poet, der mit dem Mangel ringt,
Mehr seiner Milbigkeit, als seiner Grösse singt.
Dieß ist die starcke Schaar, in der die Schmiersucht
tobet,
Der ungehirnte Schwarm, der alle Leute lobet,
125 Das niederträcht'ge Volck, so, wann es ihm beliebt,
Leicht die elff Tugenden und oft noch mehr vergiebt.
Dergleichen Helden sind die Feinde der Satyren,
Die ihre Blösse stets mit freyer Hechel rühren.
So scheut den neuen Artzt ein schwacher Krancker nicht,
130 So flieht der Schüler kaum Orbilius Gesicht,
Ein Schul=Fuchs Hof und Pracht, ein Bursche den Pedellen;
Als sie den Urtheil=Spruch, den Schertz und Wahrheit
fällen.
Wolan! Es bleibt dabey, daß der kein Dichter ist,
Der etwan sonder Müh' die Sylben richtig miss't,

unverdienter Weise für Poeten gehalten werden. Diese machen
wegen ihrer unerschöpflichen Erfindungs=Krafft in Glückwünschungs=
Hochzeit= und Trauer=Gedichten in der That eine besondere Zunft
und Boedische Gesellschafft der Grabulanden aus, wie sie in dem
5 drey und zwanßigsten Blade p. 89. des sinnreichen Biedermanns
benannt und beschrieben worden. Sie sind mehrentheils bellagens
wehrt, weil sie fast immer mit dem Hunger und dem Gelasimo
beym Plauto im Sticho A. II. Sc. I. in genauer Verwandschafft
stehen. Es wird durch solche die Poesie zur Betteley und ver-
10 ächtlich, und sie haben das Schicksal jenes Poeten, dessen Petronius
erwehnet: Ecce autem, spricht er, ego dum cum ventis litigo,
intravit pinacothecam Senex canus, exercitati vultus et qui
videretur nescio quid magnum promittere, sed cultu non proinde
speciosus, ut facile appareret, cum ex hac nota litteratorum
15 esse, quos odisse divites solent. Is ergo ad latus constitit
meum, et Ego, inquit, Poëta sum, et, ut spero, non humillimi
spiritus, si modo coronis aliquid credendum est, quas et ad
imperitos deferre gratia solet. Quare ergo, inquio, tam male
vestitus es? Propter hoc ipsum; amor ingenii neminem um-
20 quam divitem fecit.

Und einer Clelien durch Schwur und Reim betheuert,   135
Was für verliebte Gluht ihr Anblick angefeuert,
Der einen Nahmens=Tag und ein Vermählungs=Fest
Durch seiner Musen Mund frohlockend preisen läßt,
Der, wann ein später Tod der Reichen Brust entseelet,
Den Erben, der da lacht, mit seinem Troste quälet.   140
O Nein. Der Dichter Nahm gebühret diesem nie,
Denn er entehret nur den Wehrt der Poesie,
Und ist er nicht ein B r o c k s, starck, schön und auserlesen,
So kömmt er in den Rang, in dem H a n s S a c h s
                                                 gewesen.
Die Klugheit wird ihm gram, und unterscheidet nicht   145
Ein mittelmäßiges und ein sehr schlecht Gedicht.
[67] Jedoch, wo denck ich hin? Muß ich mich nicht be=
                                                 reiten?
Weil viele Dichter schon dieß freye Blat bestreiten,
Weil mancher, der es itzt in seine Hände nimmt,
Die Widerlegung schon in den Gedancken stimmt,   150
Und mich, so wie er wünscht, gewiß zu übermeistern,
Sich schon vereinigt hat mit sieben ärgern Geistern.
Von andern wird mein Schertz kaum lesenswehrt geschätzt,
Wann etwan Reim und Satz den Wolklang hat verletzt,
Und oft (an statt des Ohrs, dein Hertze zu vergnügen)   155
Vor Witz und Wahrheit sich das Sylben=Maaß muß
                                                 schmiegen;
Wann frey, doch nicht zu kühn, mich Feuer und Verstand
Aus dem verhaßten Joch kleinmüht'ger Zweifel spannt.
Dieß alles drohet mir, und wer kan wol erzehlen,
Mit welchem Vorwurf mich so Klug' als Tumme quälen? 160
So vieler Machtspruch schreckt hier den Gedancken ab:
Ein jeder Schulfuchs bricht itzt über mich den Stab:
Der schwört, mir fehle was, und weiß es nicht zu nennen,
Und jener will mir nicht der Leser Beyfall gönnen:
Er kennt schon meinen Wehrt und er gestehet frey,   165
Wie leicht mein scheinbar Nichts zu übertreffen sey:
Der sieht mich flüchtig durch, denn eh' er mich gelesen
War mir und meiner Schrifft sein Haß bestimmt gewesen.

Balb schmeichelt meinem Reim ein häm'scher Democrit:
170 Er lobt ihn, wann er kaum die dritte Seite sieht:
Scheint mein Bewunderer und ist mein strengster Richter:
Belacht laut das Gedicht und insgeheim den Dichter.*)
[68] Ein andrer stellet mich zum trocknen Statius,**)
Daß ich mit ihm vergehn, mit ihm verfaulen muß,

---

*) Qui me flatte peut-être, et d'un air imposteur
Rit tout haut de l'ouvrage et tout bas de l'Auteur.
Boileau Sat. VII.

**) Ich hoffe den hier erwehnten Büchern und ihren Verfassern
5 einen längstnöthigen Dienst zu erweisen, und sie der gelehrten
Welt mehr bekannt zu machen, als sie selbst gethan.
Loin de les décrier, je les ai fait paroître,
Et souvent sans ces vers qui les ont fait connoître
Leur talent dans l'oubli demeureroit caché.
10 Boileau Sat.: IX.

Das erste Werck führet diesen Titel: Der wohlgebahnte Weg
zu der Teutschen Poesie; das ist: Eine zwar kurtze,
doch aber sehr deutliche Nachricht und Anweisung,
wie ohne viel Kopff=Brechens, nach der leichtesten
15 Methode, allerhand Genera Carminum, nach der nun
in Flor gebrachten richtigsten Methode zu verfertigen,
2c. von Joh. Joach. Statio. Bremen 1716. 8. Die pag. 78.
rühmlichst=gesammlete Annagrammata, das XVI. Cap. von den
Bilder=Reimen, der sechste Satz p. 91, das XXXV. Cap. von
20 den Comoedien, und die pag. 126. befindliche hertzliche Warnung,
daß sich die Jugend doch enthalten wolle der Lesung
der charmanten Gedichte, bezeugen, anderer Stellen zu ge=
schweigen, wie glücklich Herr Statius, doctus posuisse figuras,
sich bemühet, nach der nun in Flor gebrachten richtigsten Methode
25 zu schreiben. Insonderheit zeiget sich p. 74. ein drohender Bogen,
oder, daß ich Statianisch rede, ein arcus minans ebriis,
simul ac inest adhortatio ad veram pœnitentiam
et regenerationem spiritualem, da er dann zwar in der
ersten Zeile mit dem Baccho anfängt, bennoch aber eine so wichtige
30 geistliche Materie sehr wol abhandelt, und in dieser Erfindung sich
selbst zu übertreffen scheinet. Indessen dürften sich, wie der Herr
Verfasser in der Vorrede gar richtig geweissaget, wol viele finden,
die in eine Verwunderung gesetzet werden, warum man die Feder
in dieser Materie angesetzet, und von der Teutschen Poesie was
35 geschrieben: sintemahl daran kein Mangel erscheine, weil fast alle
[69] Buch=Läden damit angefüllet wären, und folglich diese Char-

[69] Bis ich, Menandern gleich, der Motten Trost und 175
Speise
Der letzten Blätter Rest einst seinen Erben weise.

tele wol daheim bleiben können.   Sonst hat dieses seine Werckgen
den Vorzug, daß es den Leser unvermuhtet mit einer Abhandlung
von der Rechtschreibung pag. 11—20. erfreuet, die wol der wenigste
auf dem wolgebahnten Wege gesuchet hätte.   Imgleichen theilet
der Aut. p. 110. seine einfältige Gedancken mit, die er bey   5
dem Hintritt des Printzen von Ost-Frießland zu seiner eigenen
Meditation aus höchster Compassion verfertiget.

Das andere Kern-Buch heisset die Poetisirende Welt,
d. i. allerhand auserlesene und noch niemahls zusammen gedruckte Teutsche Gedichte, herausgegeben 10
von Menander. Hamburg 1705. 8. Man glaubet kaum,
wie auserlesen diese Verse sind, und wie unvergleichlich die
Menandrische Welt poetisire. In dieser hat sich z. E. (p. 40. der
Begräbniß-Ged.) ein Mann voll Geistes-Geist, und (p. 68.
der Vermischten) gar ein Sonnen-Mann verirret. Es stirbt 15
(p. 109.) eine Jungfer, die grosse Lob erklettert, doch
tröstet uns die 110te Seite der Vermischten Ged. desto kräfftiger,
denn auf dieser wird ein Rosen-Töchterchen und Monds-
Vermehrerinne gebohren. Pag. 112. ibid. ist ein Schiff so
höflich, daß es die Klippen küsset: wiewohl es geschiehet ihm 20
wieder etwas gütliches,

Wo Castor, Pollux selbst das Schiff und Mast-
Baum leckt. p. 59. der Vermischten Ged.
p. 75. der Hochzeit-Ged. treffen wir ein lauffendes Haar
mit mehr als göldnen Füssen an, das um eines Braut- 25
Halses Zier eilet, dessen Besitzerin einen Aetna be-
wirthet. In der gantzen Welt ist aber nichts poetisirenderes, als
die p. 56. befindliche vergötzte Linde. Die schönste [70] Stelle
in selbigem handelt von der Kraft der Liebe, und lautet p. 57. also:

So kan die heisse Glut der süssen Liebe 30
wandeln,
Sie macht den klugen Sinn zum Baum, zu Eiß
und Stein,
Zum Schatten, Küh und Blum, zu Saffran und
zu Mandeln. 35
Es ist zu bedauren und der einreissenden Barbarey unserer Zeiten
zuzuschreiben, daß in der gelehrten Welt die poetisirende des
Menanders itzt noch zu den terris incognitis gerechnet wird,
und nebst dem Statio zu den Büchern gehöret, wovon der scherz-
haffte le Vayer sagte, daß man sie lauffen sollte, weil sie nicht 40
wieder aufgeleget würden.

[70] O Muse! gib dich nicht der Leser Eigensinn,
Dem tausendtöpf'gen Thier zum Raub und Opfer hin.
Laß keinen Selbstbetrug zum Schreiben dich verleiten,
180 Du weißt und kennst ja schon den Eckel unser Zeiten.
In jenem Winckel sitzt, zu früh verwegner Geist!
Ein Richter, welcher dir Virgil und Pietsch entreißt,
Die Poesie verwirfft, dir kein Gedicht erlaubet,
Und so die schönste Lust den Neben=Stunden raubet.
185 Warum? Du bist kein Knecht unedler Schmeicheley:
Du denckest ihm zu wahr: Du schreibest ihm zu frey,
Und willt, ihm sonder Furcht die Schwäche vorzuwerffen,
Den unerkaufften Kiel auf seine Schwären schärffen.
Doch weil dein Schicksal dir das Dichten auferlegt,
190 So schreibe, wie die Zunft, die oft zu rühmen pflegt.
Wer weiß, ob nicht vielleicht für dein wortreiches Loben
Ein neuer Lorbeer=Hayn auch dir noch aufgehoben,
Und einst ein froher Tag, der dich der Nachwelt weis't,
Auch dich so kupfferreich, als H . . . werden heisst?
195 [71] Wie, sprichst du, darf ich dann, die Zeit mir zu
                                                  verkürtzen,
Nicht meiner Feder Fleiß mit Saltz und Wahrheit würtzen?
Ist dieses frevelhaft? Kränckt dieß die Majestät,
Wann man der Thoren Schwarm frey unter Augen geht,
Und mit dem Juvenal die Geissel darf ergreiffen,
200 So oft der Dichter Troß will auf den Pindus streiffen?
Nein: Nein: Ein Kluger stimmt mit seinem Beyfall ein:
Es steht nicht jedem frey, stets lächerlich zu seyn,
Man darf wol die Vernunft an ihren Feinden rächen,
Wenn andre sich erkühnt, ihr grob zu widersprechen.
205 Wolan! ich fahre fort, und schwieg' ich gleich allhier,
So wird doch jeder Thor ihm selber zur Satyr'.

[72]   **X.**

Die Vortreflichkeit der mit Gelehrsamkeit verbundenen Klugheit,

Als der S. T. Herr Licent. von SOM am 15. Febr. 1729. zum Hamburgischen Syndico erwehlet ward,

in frembem Nahmen.   5

Günther I. Theil, p. 10.

— — Ein leeres Hertz von Einsicht, Lieb und Treu,
Ist überhaupt der Zinß gelehrter Schwelgerey,
Und Hobbes hat fast Recht: Wofern er mehr gelesen,
So wär' er, wie er spricht, mit andern blind gewesen.   10
Wohl! wer Gehirn und Sinn mit so viel Wind beschwert,
Der muß, wie jeder Leib, den Fraß und Soff verzehrt,
Im stoltzen Bauche Schwullst, im Schädel Schwindsucht mercken.
Zwey Bücher sind genug: Die Bibel und die Welt;
In beyden öffnet sich ein weit und fruchtbar Feld,   15
Die Kräffte des Gemühts, so viel man braucht, zu stärcken.

Der Wehrt der Wissenschafft ist fest und allgemein,
Es ist die gantze Welt das Vaterland der Künste,
Und ihr durchdringend Licht vertreibt mit heiterm
                                        Schein
Der Einfalt blinde Nacht, und trennt des Irrthums Dünste.
Sie schärffet die Vernunft und bringt der Menschen Sinn 5
Zur wahren Menschlichkeit, zum reiffen Urtheil hin, -
Sie lehrt den Sterblichen den grossen Vorzug mercken,
Der (unschätzbarer Rest!) von jenem weisen Trieb,
Den GOtt in Adam schuf, in uns noch übrig blieb,
Und dessen hohen Zug Zeit, Fleiß und Uebung stärcken. 10

[73]   Als Thales Blick zuerst den Lauf der Sonnen fand,
Als Archimedens Faust den regen Circkel lenckte,
Wie der Pythagoras der Zahlen Brauch erkannt',
Wie Cadmus Laut und Wort in Züg' und Lettern
                                        schränckte,
Da nahmen sie mit Fleiß auf der versuchten Bahn 15
Das Licht der Wissenschafft zu ihrem Leit=Stern an,

5*

Und muſten ihrem Wind die Führung anvertrauen.
Man ſieht allein durch ſie Mauſolens Grab erhöhn,
Hier den Phönicier zuerſt zu Schiffe gehn,
20 Und dort in Memphis Sand die Piramiden bauen.

Es iſt kein Volck ſo roh, das Kunſt und Wiſſenſchafft,
So bald man ſie geprüft, nicht in Erſtaunen bringet;
So wild iſt kein Barbar, bey dem nicht ihre Krafft
Die Unempfindlichkeit aus dem Gemühte zwinget.
25 Ihr Weſen, deſſen Reiz ein ſtetes Lob erhält,
Erlangt das Bürger=Recht in jedem Theil der Welt;
Selbſt da, wo der Tartar der Feinde Locken kürtzet,
Wie hier, wo Pallas ſich zu Tuiſcons Enckeln ſetzt:
So wol, wo Ludwigs Sitz der Seinen Zufluß netzt,
30 Als wo der Ganges ſich aus ſeinen Schlünden ſtürtzet.

Ihr milder Ueberfluß gibt Alten Troſt und Ruh,
Verleiht den Groſſen Ruhm, gewährt der Jugend Freude,
Sagt die Unſterblichkeit den Muſen=Söhnen zu,
Und iſt die ſchönſte Luſt, die beſte Seelen=Weide.

35 Doch was die Wiſſenſchafft am ſtärckſten heiſſet blühn,
Das iſt ein edler Geiſt, den die Natur verliehn,
[74] Ein angebohrnes Glück, mit Einſicht zu gedencken.
Sie iſt ein prächtigs Haus, dem Grund und Dauer fehlt,
Wofern die Klugheit nicht mit ihr ſich hat vermählt,
40 Und kan geringem Witz nur blos den Anſtrich ſchencken.

So oft nicht der Verſtand des Wiſſens Wehrt verhöht,
So iſt dieß nur ein Schatz, den man umſonſt beſitzet,
Weil dem, der nicht zugleich das Buch der Welt verſteht,
Unmöglich der Gebrauch der andern Bücher nützet.
45 Schmückt die Gelehrten nicht Erfahrung und Vernunft,
So ſchreibe man ſie frey zu der Pedanten Zunft,
Die nur der Klugen Spott mit ihrem Stoltz erreget:
Denn, ohne weiſen Geiſt und eignen Witzes Krafft,
Iſt eine jede Kunſt, iſt jede Wiſſenſchafft
50 Nichts, als ein güldnes Blies, das um ein Thier geleget.

Belebt nicht die Natur des Lernens ſteiffen Fleiß,
Wird nicht Gelehrſamkeit der Reichthum ſcharffer Sinnen;

So muß in eitler Müh' ein kaum vergoltner Schweiß
Um schwache Häupter stehn, von milden Schläffen rinnen.
Doch wann ein muntrer Sinn der Musen Zuruff hört, 55
Und was natürlich schön durch Kunst und Zeit vermehrt,
Da wird ein fester Bau, und der vergehet nimmer,
Knüpft Witz und Wissenschafft ein unauflöslich's Band,
So ist es anders nicht, als wie der Diamant,
Mit dieser Ueberschrifft: N o c h   m e h r   B e s t a n d   a l s
S c h i m m e r. 60

Der Wissenschafften Preiß und wahre Treflichkeit,
Das Vorrecht der Natur, so klugen Seelen eigen,
[75] Wie schön es sich vereint und sich die Hände beut,
Kan uns, H o c h t h e u r e r   M a n n, Dein rühmlichs Bey-
spiel zeigen.
Ein Geist, der, wie der Blitz, so durch die Schatten
fährt, 65
Wohin er sich nur wend't, das Dunckele verklärt,
Die schwersten Knoten löf't, das Wichtigste ergründet:
Ein unverdroßner Fleiß bey glücklichem Bemühn:
Dieß ist, was W i n c k l e r s Tod uns jüngst zu rauben
schien,
Und was die Stadt erfreut in Dir itzt wieder findet. 70

So wache dann hinfort vor unsrer Bürger Wohl,
Doch lasse, kan es seyn, bey Deinen neuen Ehren,
Beym Antritt Deines Amts auch mich hier Freuden-voll
So vieler tausend Wunsch mit meinem Glückwunsch
mehren.
So lebe viele Jahr Dir und dem Vaterland'! 75
Der Höchste segne stets die Arbeit Deiner Hand!
Es sey, wie Dein Verdienst, Dein Heil auch auserlesen!
Mich deucht, das Glücke stimmt zu meiner Hoffnung ein;
Es schämt sich, vor v o n S o m hinkünftig blind
zu seyn,
Nachdem bey Seiner Wahl es sehend gnug gewesen. 80

[76]   XI.

Schreiben der Cleopatra an den Caesar.

LUCANUS L. X. v. 70.

Quis tibi vesani veniam non donet amoris,
Antoni? durum cum Caesaris hauserit ignis
5   Pectus, et in media rabie, medioque furore,
Et Pompeianis habitata manibus aula,
Sanguine Thessaliae cladis perfusus adulter
Admisit Venerem curis et miscuit armis
Illicitos toros et non ex conjuge partus?

10   Der Verlust der Pharsalischen Schlacht zwang den groffen
Pompejus, mit wenigen Schiffen nach Egypten zu flüchten, wo
Ptolemäus Dionysius nebst seiner Gemahlin und Schwester, der
Cleopatra, den Scepter führte, oder vielmehr, als ein sehr junger
und blöder Herr, von seinen Lieblingen und Verschnittenen regieret
15   wurde. Er landete mit den Seinigen zu Damiata, damahls Pe=
lusium genannt, und ließ durch Abgeordnete den König um Schutz
bitten. Dieser aber beging die schändlichste That von der
Welt, und Septimius muste, auf Anstifften des Photinus*) und
Achil=[77]las, den unglücklichen Pompejus ermorden, (Caes. de
20   B. C. III. 104.) um den nacheilenden Caesar durch den Todt seines
Feindes zu gewinnen. Der siegreiche Caesar fand sich mit seinen
Völckern bald zu Alexandria ein, und bewies seine Gewalt und
Hoheit zuerst dadurch, daß er dem treulosen Egyptier die began=
gene Verrätherey scharff und drohentlich vorrückte, und, als Consul,
25   die zwischen dem Könige und der Königin entstandene Mißhellig=
keiten durch seinen Ausspruch, zum Schrecken des gantzen Hofes,
entschiede. Die schöne Cleopatra, die dergestalt ihr voriges
Ansehen wieder erhielte, wuste den gütigen Richter durch tausend
Lieblosungen und Schmeicheleyen an sich zu locken. Sie wird von

30   *) Die Rede, worin Photinus seinen Herrn zur Ermordung
des Pompejus rathen will, ist eine der schönsten Stellen des
Lucans, und von dem berühmten Corneille zu Anfang seines
Pompée vortreflich nachgeahmet worden. Sie befindet sich
L. VIII. v. 484. und enthält alle Gründe einer falschen und
35   macchiabellistischen Staats=Kunst. Ptolemäus beschliesset endlich
den Tod des groffen Flüchtlings, und da heisset es v. 536:
Adsensere omnes sceleri. Laetatur honore
Rex puer insueto, quod jam sibi tanta jubere
Permittant famuli.

den Sribenten als ein wollüftiges,*) reitzendes und verschmitztes
Frauenzimmer beschrieben, und man kan sich also leicht einbilden,
sie werde ihre Klagen mit einer Zärtlichkeit und Anmuht vorge=
bracht haben, [78] die den Caesar zugleich zum Mitleiden und
zur Liebe bewogen.**) Die Thränen holder Augen sind allezeit 5
überredend, und man findet sich gleichsam gezwungen, an der
Betrübniß eines schönen Gesichtes Theil zu nehmen. Caesar, der
nicht weniger seinen Wollüften nach, als in der Herrsch=Sucht römisch
war, und wie Suetonius bezeuget, bey seinem Gallischen Triumpfe
den Aufenthalt beym Nicomedes sich von den Soldaten öffentlich 10
muste vorwerffen lassen: der sonst so großmühtige Caesar ver=
mogte seinen Regungen und dem Reitze der schlauen Cleopatra
nicht zu widerstehen, und ward in kurtzer Zeit aus ihrem Richter
ihr Verehrer. Wie groß die Vertraulichkeit dieser beyden Ver=
liebten gewesen, hat die Gebuhrt des Cäsarions verrahten. Es 15
wurde aber dieses Paar sehr bald getrennet, und Egypten durch
innerliche Unruhen zerrüttet. Ptolemäus kam in dem gegen die
anwesenden Römer erregten Aufruhr um, und gab dadurch zu
vielen Verwirrungen Gelegenheit. Ihm folgte sein jüngerer
Bruder, dem Caesar seine Cleopatra zur Gemahlin und Mit= 20
Regentin gab, aber durch den Pontischen Krieg mit Pharnaces
zeitiger aus Egypten geruffen ward, als es die Königin ver=
schmertzen können. Die nöthigen Zurüstungen zum Kriege raubten
ihn den Armen seiner Geliebten, und er muste sie zu ihrer höchsten
Traurigkeit verlassen. Diese Entfernung des Caesars hat mir zur 25
Erfindung des folgenden [79] Schreibens Anlaß gegeben, welches
die betrübte Cleopatra ihrem Helden nacheilen läßt.

---

*) Hievon kan Plutarchus in seinem Antonio, insonderheit
aber Lucanus L. X. v. 108. sqq. nachgesehen werden, allwo er
die Pracht eines Gastmahles beschreibet, welches sie dem Caesar 30
gegeben. Dieser Historische Dichter ist ohnedem der Cleopatra,
als ein Römer und Feind des Pharsalischen Siegers, unglaublich
feind, denn zu geschweigen, daß er sie an einem Orte Reginam
meretricem nennet, und L. X. v. 59. ihrer gleichfalls sehr un=
glimpflich erwehnet; so leget er gar v. 369. dem Photinus diese 35
freye Rede in den Mund:

　　Quem non ex nobis credit Cleopatra nocentem
　　A quo casta fuit?

Doch glaube ich mit dem Corneille in seinem Examen do Pompée
p. 59. daß bey der Cleopatra die Herrschsucht die Liebe veran= 40
lasset, oder vielmehr, daß sie nimmer verliebt gewesen, als wo sie
zugleich ihre Hoheit dadurch vermehren oder erhalten können.

**) Aderat puellæ forma, et quæ duplicaretur ex illo, quod
talis passa videbatur injuriam, sagt Florus L. IV. c. 2. und

Vergönnt mein Caesar itzt noch dieser Schrifft die
Stelle,
Und will er, daß sein Blick dieß schlechte Blatt erhelle,
Der Blick, der Rom beherrscht, und gantzen Schaaren
winckt?
Kan Liebe noch den Weg dem blöden Schreiben bahnen,
5 Wo bey der prächtgen Reih' erfochtner Sieges=Fahnen
Das glücklich=tapfre Schwerdt in Römschen Händen
blinckt?

Erlaubet wo mit Lust die muhtgen Legionen
Dir, Held, zu Diensten stehn und beinem Zuruf frohnen,
Und wo der Krieger Kern um bein Gezelte wacht,
10 Da wo wir nichts so oft, als Morb=Trompeten, hören,
Dein Mars den Zutritt noch der seufzenden Cytheren?
Verwirffst du nicht den Brief, den Lieb' und Treu'
erbacht?

Nur deine Gegenwart gewährt mir Ruh' und Glücke,
Denck' an Egyptens Reich, Geliebtester, zurücke,
15 Und lencke beinen Sinn nach Alexandria.
Ich, ich bin Königin, und werde feig' und blöde:
Mir wird die Burg verhaßt, Hoff und Gemach ist öde,
Nun Caesar mir geraubt, nun Caesar nicht mehr da.

Du barfst nicht meinen Stand in jener Wolluft lesen;
20 Denn diese zeiget bir was ich vorher gewesen,
Nicht aber was ich bin, nun Caesar fehlen muß.
Lust, Freude, Ruhe, Schertz, will, nun wir bich nicht
schauen,
Aus meinem Pallast fliehn und itzt das Elend bauen,
Und meine Hoffstatt ist Furcht, Liebe, Pein, Verdruß.

25 [80] Die Cron' ist eine Last: der Purpur meine Bürde:
Der Thron ein Marter=Sitz: ein Unglück meine Würde,

Lucan, bey bem ihre Anrede an den Caesar L. X. v. 85. befindlich, füget v. 105. hinzu:
Voltus adest precibus, faciesque incesta perorat.

Denn sonsten eilt' ich bald dir, flücht'ger Abgott, nach.
Ich trotz' umsonst dem Gram mit Lust- und Freuden-
                                            Spielen.
Mein Hertze nährt die Pein, die muß ich immer fühlen,
    Ich bin, beklage mich, mein gröstes Ungemach.   30

Der Tag, der Sorgen Raum, wird meiner Noht zu lange:
Der Morgen weckt die Angst: der Mittag macht mich bange:
    Der Abend foltert mich: die Nacht ist mein Tyrann.
Wie wünsch' ich tausendmahl: Ach daß das Spiel der
                                            Nächte
Dein hohes Antlitz mir stets vor mein Bette brächte!   35
    Mich deucht, mein Unmuht nähm' auch bis zur
                                            Linbrung an.

Oft zeigt dich mir ein Traum vom Kampff' und Sieg'
                                            erhitzet,
Wie in der Hand das Schwerdt, Muht aus den Augen
                                            blitzet,
    Und du alsdann auch hold, schön, und an Anmuht reich.
Bewaffne, tapffrer Leib, die wohlgebild'ten Glieder;   40
Wirff Helm und Pantzer hin: Leg' deine Rüstung nieder:
    Dort scheinest du dem Mars, und hier dem Amor gleich.

Dein Reitz ist männlich-schön. Du rührst mit Recht die
                                            Sinnen;
Kein schlechter Anblick lockt Egyptens Königinnen,
    Der Schatz Cleopatrens muß so, wie Caesar, seyn.   45
Drum meynt' ich, diese Brust wär' nur für dich gebohren.
Drum dacht' ich, Caesar lebt, der ist nur mir erkohren,
    Jedoch der Himmel reisst die süsse Hoffnung ein.

[81] Ich liebe, doch umsonst! Ich lebe, bald zu sterben.
Ach möcht' ich, Schönster, nur in deinem Arm verderben! 50
    Ach leuchtete dem Tod' alsdann dein holder Blick!
Der Schmertz entkräfftet mich. Ach könnt' ich beym Er-
                                            blassen
Nur noch dein Auge sehn, noch deine Brust umfassen!
    Es wich', ich weiß es fest, die Sterbens-Pein zurück.

⁵⁵ Mein Caesar, bist du hier? Kan ich mit neuen Freuden
An deiner Küsse Trost itzt Mund und Seele weiden?
Held, Engel, Sieger, Lust, Schatz ich umarme dich.
Du fliehst — — Kehr' um — — Du fliehst! Muß
ich verlassen bleiben?
Täuscht mich ein Bild, ein Nichts im Denken und im
Schreiben?
⁶⁰ So ist es leyder! Ja. Die Liebe blendet mich.

Vergib, höchstgüt'ger Held, den süssen Fantaseyen:
Die Leidenschafft zerstreut mit diesen Schmeicheleyen
Der Sorgen schreckend Heer, die Nährer meiner Pein.
Ich kan mich schöner nicht, noch angenehmer irren,
⁶⁵ Die Liebe kan den Sinn nicht artiger verwirren,
Sie muß ja gar zu oft des Irrthums Mutter seyn.

Ach lasse, was die Noht dir will vor Augen legen,
Das Hertz, das röm'sche Hertz durch Lieb' und Treu bewegen.
Und denk' was du geliebt sey nicht vergessens wehrt.
⁷⁰ Es darf ein Held sich nicht der holden Regung schämen:
Achill kan Briseis in Schooß und Arme nehmen:.
Von dem Alcides wird die Omphale verehrt.

[82] Zurück. Verweile nicht. Zurück nach unsern Mauren,
Und laß' uns länger nicht dein Abseyn noch betauren:
⁷⁵ Es weiht sich dir mein Arm zur sanfften Lager-Statt.
Für dich wallt noch die Brust: Für dich glühn noch
die Blicke,
Die ehmals dich gelockt, die ehmals deine Stricke:
Für dich klopfft noch ein Hertz, das sonst schon
Lebens-satt.

Die Stunden fliehen fort: es eilen schon die Zeiten,
⁸⁰ Erseufzter Caesar, dich in mein Gemach zu leiten,
Aus dem dir meine Treu sonst froh entgegen sah.
Laß unsern Geist die Lust, den Mund ein Kuß verbinden,
Die Liebe sucht dich auf: die Hoffnung wird dich finden.
Dich wünscht, dich hofft, dich liebt, dich küßt
Cleopatra.

[83]   XII.

Beſchreibung des Jeniſchen Paradieſes,

ſo, wie es im Frühlinge und Sommer beſchaffen.

VIRGILIUS Ecl. VII. 12.

Hic virides tenera prætexit arundino ripas
Mincius, equo sacra resonant examina querca.   5

HORATIUS Epod. II. 23.

Libet jacere modo sub antiqua ilice:
   Modo in tenaci gramine.
Labuntur altis interim ripis aquae:
   Queruntur in silvis aves,   10
Fontesque lymphis obstrepunt manantibus,
   Somnos quod invitet leves.

Dort, wo wir Sachſens Zier, das nette Saal=Athen,
Von gäher Berge Höhen ſehn,
In welchem edlen Muſen=Sitz
So viele Hüter ſeines Heils,
So vieler weiſen Väter Witz,   5
Zum Glücke derer, die ſie hören,
Der Wiſſenſchafften Wehrt durch gründlich=tieffe Lehren,
Durch viel' unſchätzbare und ew'ge Wercke mehren:
Wo wahre Weisheit herrſcht und gegentheils
Stets der Pedanten Schwarm am meiſten lächerlich: 10
Dort zeiget vor der Stadt dem frohen Anblick ſich
[84]Ein Luſt=Ort, der mit Recht das Paradies genannt.
Es hat hier die Natur mit milder Hand
Zur ſchönſten Schilderey von ihrem Seegens=Stand
Der bunten Farben Schmeltz, der Lage Trefflichkeit,   15
Des glatten Bodens blümicht Kleid,
Der Bäume ſpielende und grüne Dunckelheit
Verſchwendriſch, doch vielmehr mit kluger Wahl verwandt,
Die unſern Augen nur was auserleſnes gönnet.
Das kleine Paradies, das von des Groſſen
                 Strand   20

Der Saale rauſchendes holzträcht'ges Waſſer trennet,
Zertheilet ſich in zwo gedoppelte Alleen.

Von einer Seiten werdet ihr
Die prächt'ge Frühlings=Tracht der nahen Gärten ſehen.

25 Dort locket das Geſicht der Blumen=Betten Zier,
Um deren Buchsbaum viel' erhabne Bilder ſtehen:
Hier will der Blühten lauen Dufft
Des Zephyrs ſüſſer Hauch, die dünne Lufft,
Dem wolbewirthetem Geruch' entgegen wehen.

30 Der Bäume riechbare, dann rege, Nahrungs=Krafft,
Der Knoſpen dünſtender erhitzter Safft,
Macht oft des Laubwercks krumme Gänge
Dem ſchön=bereichertem und flücht'gen Weſt zu enge;
So daß er auch aus ihrem Schatten weicht,

35 Und in den nahen Raum des Paradieſes ſchleicht,
Den ihm vertrauten Schatz auch andern mitzutheilen,
Als denen, die im Garten ſich verweilen.

Man konnt' hier ſonſt im beſten Garten oft
Durch die unordentlich=umzäunte Hecken
40 Die art'ge Phillis unverhofft
Bewundernd und vergnügt entdecken.
[85] Bald, wie ſie auf und ab ſpatzieren ging:
Bald in geſchwinder Eil den Sommer=Vogel fing,
Der ſich an ihre Schulter hing:

45 Bald, wie ſie lächelnd voller Luſt
Ein ſanft= und zartes Blümgen fand,
Und es dem Stock' entriß mit doppelt=zarter Hand
Zum Schmuck der halb=umfloorten weiſſen Bruſt:
Bald, wie ſie ihr ſo glänzend=ſchwartzes Haar,

50 Das ſchön=verwirrt vom Wind' ergriffen war,
Und ihrem Kopf=Band oft entwich
Mit angenehmem Zorn, anſtänd'ger Ungedult,
Von dem entblöſſten Halſe ſtrich,
Und in das Sommer=Haus entſtellt zurücke ſchlich.

55 Ich frag' euch ſelbſt, ihr, die ihr ſie geſehn,
War ſie nicht ſittſam=hold, nicht ſchön?

Vergaß man nicht, wann sie sich wies
Das unvergeßliche beliebte Paradies?
Kaum konten die bezaubernde Geberden,
Die Anmuht des leutseeligen Gesichts,   60
Der rege Schertz des muntern Augen=Lichts
Von uns alsdann erblicket werden;
So sah' man Phillis nur, und sonsten nichts.

    Verzeihe, wehrter Leser, mir,
Wofern ich dich zu weit hieburch geführet: 65
Doch hoff' ich, mancher dencke hier,
Daß diesem Umschweiff Danck gebühret,
Hab' ich aus Irrthum dir zu viel erzehlt,
So wars die Sache wehrt: ich habe wohl gefehlt.
Doch will ich dich zur andern Seiten   70
Des Jen'schen Tempe leiten.

[86]   Die Saale*) (welche aus der Schooß

---

*) Die Thüringische Saale, in welcher die Unstrut unfern
Naumburg sich ergiesset, ist eine der berühmtesten Teutschen Flüssen,
und in den mittlern Zeiten unter dem Nahmen **Salaha** bekannt.
Allem Ansehen nach hat sie ihren Nahmen von den Saltz=Quellen,
indem sie, nach dem Tacito Ann. XIII, 57, **flumen gignendo** 5
sale fœcundum, und der Gräntz=Fluß der Catten und Hermunburer gewesen, die auch deßfalls mit einander einen blutigen
Krieg geführet. Die Catten sind die beym Caesar de B. G.
IV. 1. 2. erwehnte Sueven, s. Speners Notitiam german. antiq.
L. IV. c. 3. p. 194. Die Hermunburer aber haben den gantzen 10
Strich Landes zwischen der Elbe lincker, und der Saale rechter
Hand inne gehabt, und zu den Zeiten Kaysers Augusti sich bis
zur Donau erstrecket, wie Juncker in seiner Anleitung zur Geo-
graphie der mittlern Zeiten p. 99. aus dem Cellario angiebt,
und Spener L. V. c. VI. p. 118. erläutert. Von diesem Kriege, 15
wodurch die Saale schon bey den Alten so berühmt worden, handelt
umständlich Kirchmajeri Bellum prœliumque de Salinis Cattos
inter et Hermunduros susceptum olim ex Tac. Annal. XIII.
57. Viteb. 1688. 4.
    Von den verschiedenen Saalen Teutschlandes s. Junkern l. c. 20
p. 135. Am wenigsten ist mit dieser Saale die Issel, Isala,
Isalaba, Saale, ein bekannter Ausfluß des einen Arm des
Rheins bey Arnheim in der Velau zu vermischen. Zwischen der
alten Issel und dem Rhein haben in den ältesten Zeiten die

Des Fränckſchen Fichtelbergs entſpringet,
[87] Und die

75 Der Elb- und Mulde-Fluß vereinbart in Barby
Zu Roſenberg verſchlinget)
Beſchützet, krönt und kühlt mit dem ſchilffreichen Mooß
Und ihrer fetten Wellen Schaum
Des Jeniſchen Gebietes Raum,

80 Und macht das Paradies, das ſie durchſchneidet, hier
Zum Sitze der Ergetzlichkeiten
Und zum Elyſiſchen Revier.
Drum reitzen deſſen Seltenheiten
Das Auge zum Vergnügen an,

85 Das keiner gnug beſchreiben kan.
Von ferne ſiehet man
Der hohen Berge feuchte Gipffel,
Um die ſich ein durchſicht'ger Nebel zieht,

Marſen gewohnet, welche durch die fossam Drusianam, oder die
neue Iſſel, wiederum in die Marsos und Marsacos vertheilet worden,
wovon jene ſich zu den benachbarten Bructeris, dieſe hingegen zu
den Frieſen geſchlagen, welche letztere dann die Francos vermehret,

5 ſ. Spener L. IV. c. 3. p. 243. Die Tubantes, eine Nation, von
der wir wenige und ungewiſſe Nachricht erhalten, haben nachher
dieſen Sitz der Marſen eingenommen. (Spener l. c. p. 245.
nota t) Glaſey in ſeiner Historia german. polem. c. X. Th. 2. p. 166.
ſetzt an dieſe [87] Iſſel die Fränckiſchen Salier, deren Wanderungen

10 und Vaterland Leibnitz T. I. Script. Brunsvic. n. XVIII. p. 25.
und Pfeffinger im Vitriar. illustr. T. II. p. 361. beſchrieben.
Faſt gleicher Meynung iſt Türcke in der dem Hachenberg bey-
gefügten Diss. de Germ. medii ævi §. XV. p. 379. Doch ver-
neinet der Herr von Leibnitz de origine Francor. §. XXIII, daß

15 dieſe Saale jemahls Isala genannt worden, ob es gleich nebſt
andern auch Cluver III, 17. behaupten will.
Unſere Saale beſchreibet weitläuftig Gregorii Groitzschii
Libellus continens Salæ fluvii descriptionem eidemque adja-
centium oppidorum &c. &c. Lips. 1584. 8. den Junker p. 136.

20 anführet und das dritte Cap. der Schutteiſchen Oryctographiæ
Ienensis. Daß aber auch Gold in der Saale anzutreffen, erweiſet
des Hrn. Lic. Herrmanns kurtze Nachricht von den Gold- Kupffer-
und Eiſen-Steinen ꝛc. welche bey und um Jena gefunden werden.
Jena 1726. C. I. ſ. die Jeniſchen Monathliche Nachrichten 1727.

25 p. 142.

Der mit kaum mercklichem, doch wahren Unterschied
Zum Theil der Wolcken wird, und allgemach 90
[88]Auffsteigend in die Höh zur Himmels-Lufft sich setzt,
Und durch sein lichtes Blau ergetzt.
Balb eilt der schnelle Blick mit Lust den Fluhten nach,
Und balb bewundert er der dicken Bäume Wipffel,
Der Nachtigallen Auffenthalt. 95
Der zitternd-funckelnde veränderliche Schein
Der Sonnen, die, (schaut man sie in der Saal allein)
So wie man glauben muß, mit deren Wellen wallt,
Und dann das dunckelrohte Licht,
In welchem Phoebus Strahl durch finstre Zweige bricht, 100
Nimmt das Gemüht mit tausend Bildern ein.
Der Landmann findet stets nach seiner Arbeit Last,
Im grossen Paradies die beste Ruh und Rast,
Und legt die mattgewordnen Glieder,
Den Bündel unterm Kopff', erfreulich-finckend nieder. 105
Man hört hier offt des lauten Schwagers Lust,
Der (dann umsonst bezecht) den schweren Stand vergisst
Und auf dem Weg' nach Hauf'
Nun wiederum ein neuer Frohn-Dienst aus,
Bey noch nicht müdem Leib' und unbesorgter Brust 110
Nicht wen'ger froh', als selbst sein Juncker, ist.
Drum lässt er hier, ins kühle Graß gestreckt,
Und, von der Vögel Ruff erweckt,
Die helle Feld-Schallmeyen
Dem Wieder-Hall entgegen schreyen. 115
Dann nimmt er mit geschwindem Schnitt,
Um seinen Buben zu erfreuen,
Noch ein'ge Wasser-Stauden mit.
Die beste wählt er aus, schnitzt sie zum bunten Stab,
Kürtzt Spitz' und Knospen ab, 120
[89]Und macht, so gut er und sein Messer kan,
Des Zweiges braune Rind und grüne Blätter los,
Schält scheckigte und runde Streiffe dran,
Bis dann das gläntzende, das glatte Weisse blos:
Drauf eilt er jauchzend hin zu seinem engen Wagen,

Und heißt, mit heiserem Geschrey,
Das öde Teufels-Loch*) vorbey,
Sein flücht'ges Roß nach seinem Stroh-Dach jagen.

In jenem Busche sitzt und lauscht,
130   Da wo der Fluß sich krümmt und sanft vorüber rauscht,
Ein Bürger, der hieher gekommen aus der Stadt,
Und den Gevatter bey sich hat.
Allhier verzehret er mit ihm die Sommer-Kost,
Nebst dem verwetteten, von ihm verlohrnen Most.
135   Hier trincken sie in wahrer Einigkeit
Einander freudig zu.
Nichts stöhret die Zufriedenheit:
Kein Simson hindert ihre Ruh.

Die Bäume machen dort die schönste Ründe,
140   Indem ihr dickes Laub so schattigt sich verwirrt,
Daß kaum durch ihre Nacht der hellste Mittag scheint,
Und mancher irrend meint,
Als ob ein kleiner Wald sich bey dem grossen finde.
[90] Der Vögel leichte Schaar, die hier singt, pfeifft und girrt,
145   Und um das Nest mit schwätz'ger Zungen schwirrt,
Stimmt hier den murmelnden, den lauten Wellen bey.

Hier lagert sich das sichre Zwey
Recht biedermänniglich von allen Sorgen frey.
Da läßt sich keiner lange bitten,
150   Das Herz und sein Geheimniß auszuschütten.
Da hält der fromme Pursche her;
Und da entscheidet man mit reiffer Urtheils-Krafft:
Ob der und der
Reich oder arm, gut oder schlimm zu nennen,
155   Und wie viel ungefehr
An Conto jenem sey zu gönnen?

---

*) Das Teufels-Loch ist eine felsigte rund-gewölbte Höle
in dem grossen Jenischen Paradiese, allwo Salpeter oder das so
genannte Aphronitrum zu wachsen pfleget, wie der gelehrte Herr
Prof. Teichmeyer berichtet in seinen Elementis Philos. nat. P. II.
5 c. III. p. 218.

Der ist, klagt man, mir schon so hoch verhafft't.
Ob ich ihm trauen darf, das weiß ich nicht.
Der Pursche hat die Eigenschafft,
Daß er nur wenig hält und doch sehr viel verspricht. 160
O gib mir hierin Unterricht!
Der andre sagt: Ach Sans! trau diesem nicht zu sehr.
Er schwäntzt gewiß: Gib du ihm kein Gehör:
Er nimmt zwar vieles aus, doch er bezahlt nicht mehr.
Ich weiß es gantz genau 165
Von seiner Wäscherin und einer Tröbel=Frau.
Und hiemit gnug! Was nutzen deine Grillen?
Den Weinschlauch her! Lasst uns den Magen füllen.
Der Schmaus wird fortgesetzt. Man lacht: man schertzt:
        man trinckt,
Bis Hesperus dem nahen Abend winckt, 170
Der Sonnen spielend Roht dem Horizont entsinckt,
[91] Die Saale dunckler fliesst, und Dämmerung und Nacht
Des Fuchs=Bergs Schatten länger macht.
    Das kleine Paradies lockt öfters manche Schöne,
Und die unzehl'gen Musen=Söhne 175
Auf seine frische Rasen hin.
Wie oft erheitert nicht das Paradies den Sinn!
Wie vielen wird nicht unvermerckt die Pein
Und ihre Schwermuht hier vertrieben,
Wann lange Zeit der Wechsel ausgeblieben! 180
Nicht wen'ger kehren hier die grossen Männer ein,
Die Helden der gelehrten Welt,
Durch die dieß Saal=Athen Preiß, Ruhm und Flor
        erhält.
Und deren reiffen Witz und tieffes Wissen
Wir ehrfurchts=voll verehren müssen. 185
Wie manches holdes Kind erblickt man hieselbst nicht,
Das aus den Sträuchern kömmt, und uns ihr schön Gesicht
Von fern' und unerwartet zeiget,
(So wie der Sonnen Glantz aus dicken Wolcken steiget)
Und, wann wir ihm genaht, 190
Noch eblern Reitz, als man geglaubet, hat.

Die Engel, die wir hier ersehen,
Ein kleiner Mund, der im Vorübergehen
Uns freundlich, oder auch zweydeutig angelacht
195 Hält hier oft länger auf, als man gedacht.
Die Mutter gehet dort zu einer Chloris Seiten,
Vor deren Unschuld sie mit Argus=Augen wacht,
Da der Geliebte doch ganz unvermerckt von weiten,
Durch Zeichen, Hand, und Winck sein Hertze kenntlich
macht,
200 [92] Und durch sein Hin = nnd Her=Begleiten
Ihr seine Sehnsucht weiß verständlich anzudeuten.
Der prächt'gen Stutzer Reih
Tritt den hieher gekommnen Schönen bey,
Theils sie zu sehn, und theils sich sehn zu lassen,
205 Und da weiß mancher kaum,
Indem er sie erblickt, des Feder=Hutes Saum
Behend' und früh gnug anzufassen,
Durch sein entblößtes Haupt, durch ehrerbietigs Neigen,
Die Höflichkeit, so er besitzt, zu zeigen.
210 Allhier ergetzt sich alt und jung
In lieblich=wechselnder Veränderung.
Am Ufer steht ein spielend Kind,
Das in dem Gras' ein glatt und zackigt Steingen find't,
Sich eifrig bücket, und geschwind
215 Den neu=entdeckten Schatz ergreifft,
Und, wann die kleine rasche Hand
Die runden Finger drum gespannt,
Mit aufgehobnem Arm und kindisch=frohem Geist
In einem schnellen Schwung es in die Saale schmeißt,
220 Da der geschnellte Stein, bevor er sinckt und fällt,
Sich, wie es scheint, der Fluht entgegen stellt,
Die Wellen hüpffend trifft und streifft
Und auf dem Fluß' herum in regen Circkeln schweifft,
Die auf der stillen Fläch' unordentlich entspringen,
225 (Da einer aus dem andern stammt)
Und die sich selber insgesammt,
Doch durch die letzteren den Kiesel mit verschlingen.

[93] Der läßt, sich möglichst zu ergetzen,
Auf seinen Zuruf und Geheiß
Den Hector, dem er pfeifft, frisch in das Wasser setzen. 230
Er wirfft erst in den Strom ein abgerissnes Reiß,
Das der geübte Hund bald zu erreichen weiß.
Er sprenget durch den Busch mit aufgesperrtem Schlund'
Und mit hervorgestreckter Zungen.
Der Schnautze blauer Dampff macht seine Hitze kund. 235
Er stürtzt sich in den Fluß mit wilder Munterkeit,
Eilt schnauffend hin und her, und schwimmt bald hier,
                                        bald dort,
Taucht unter, schiesst hervor, und stösst Rauch, Schilff
                                        und Scheit,
Das ihm entgegen wallt, mit Stirn' und Füssen fort.
Und kommt, nun ihm die Müh' gelungen, 240
Mit freud'ger Ungedult zu seinem Herrn gesprungen,
Er wedelt mit dem Schwantz' und legt die nassen Glieder,
Nebst dem erschnappten Reiß, vor seine Füsse nieder.
Mit so unschuldigen und selbstgemachten Freuden,
Mit so verschiednem Spiel' und Lust, 245
Vergnügt das Paradies den Anblick und die Brust,
Zerstreut die Sorgen und das Leiden,
Und trotzet den Verdrießlichkeiten,
(Die nimmer hier den frohen Gast begleiten)
Bis dann die wölckigte und graue Abend=Lufft 250
Die meisten in die Stadt zurücke rufft.
Die meisten, aber alle nicht,
Weil manchem erst die Nacht die grösste Lust verspricht,
Und Still' und Finsterniß hier manchen Kuß,
Den die verschwiegene, geheime Schatten 255
[94]Weit eh'r, als Licht und Tag, gestatten,
Beherzt und schmackhafft machen muß.
Man hört oft, wie sich dann zum rauschenden Gezische
Der an dem stillen Fluß gelegnen Bäum und Büsche
Der ungestörte Laut verliebter Schmätzgen mische: 260
Dieweil nicht selten Lieb' und Nacht
Das Paradies zur sichern Zuflucht macht;

6*

So fehlt es ihm an keiner Freude,
An keiner Lieblichkeit, an keiner Augen=Weide:
265 Und jeder muß von ihm gestehn:
Ihm müsse alle Pracht der besten Gärten weichen,
Ihm könne nichts als Anmuht gleichen,
Nichts sey so reitzend, nichts so schön.

Hier blenden tausend Seltenheiten:
270 Hier wohnen die Ergetzlichkeiten:
Hier thront die Lust: hier herrscht der Schertz.
Was nur Gemüht und Sinn vergnüget,
Was nur Verdruß und Leid besieget,
Dieß reitzt und tröstet hier das Hertz.

275 Der nahen Saale rauschend Wallen,
Ihr brausend Steigen, sprudelnd Fallen,
Fruchtbare Fluht, bemooster Strand,
[95] Der regen Wellen Glantz und Spielen
Läßt immer ein Vergnügen fühlen,
280 Das man noch nie zuvor empfand.

Wann sich in dem beblümten Lentzen
Mit schattigten und neuen Kräntzen
Der Wipffel grüner Bäume schmückt,
So wird mit Lust der prächt'ge Schleyer,
285 Womit des Frühlings fruchtbar Feuer
Die Zweig' umlaubt, alsdann erblickt.

Der Sonnen=Strahlen flücht'ges Blitzen
Spielt auf der bunckeln Blätter Spitzen
In zitterndem und holden Schein.
290 Dieß kan der Blicke Ziel erweitern,
Der Schatten schwartze Nacht erheitern,
Und wahrer Freuden Anlaß seyn.

Der Vögel helle Wechsel=Chöre
Bezaubern lockend das Gehöre
295 Durch reicher Thöne Ueberfluß.
[96] Sie können Gram und Pein bezwingen,
Und Sorgen stets zu Grabe singen,
Die dieser Schall betäuben muß.

Mit welchen ungemeinen Schätzen
Will die Natur durch dich ergetzen,
Du unvergleichlichs Paradies!
Du darfst nur deine Gegend zeigen:
So wird gewiß der Einwurff schweigen,
Daß Phoebus mich dir schmeicheln hieß.   800

[97]   XIII.

Poetisches Sendschreiben an Herrn J. D. P.

HORATIUS in ARTE POET. v. 445.

Vir bonus et prudens versus reprehendet inertes,
Culpabit duros: incomtis allinet atrum
Transverso calamo signum: ambitiosa recidet   5
Ornamenta: parum claris lucem dare coget:
Arguet ambiguè dictum: mutanda notabit:
Fiet Aristarchus: nec dicet, Cur ego amicum
Offendam in nugis? Hae nugae seria ducent
In mala derisum semel exceptumque sinistre.   10

Der Momus war vielleicht ein wenig super=klug,
Doch sonst, Geliebter Freund, wahrhafftig gut genug.
Er konnte jener Welt, wie dieser die Pasquinen,
Ein wahrer Vortheil seyn, zum höchsten Nutzen dienen.
Ein Schertz, der beissend=scharff, prägt Narren Schrecken ein;   5
Was kan der Weisheit Flor wohl mehr behülfflich seyn?
Was wünscht die Wahrheit mehr, als daß die freye
                                        Schärffe
Der Bosheit Gräuel zeig' und ihren Trug entwerffe?
Soll dieß ein Ubel seyn, so ist es gantz gewiß
Ein kleines, das zugleich des gröffern Hinderniß.   10
[98] Nur die, so lächerlich und andre spotten machen,
Befürchten sich des Schimpffs und schelten auf das Lachen.
Es ist die Tugend nicht dem Hecheln abgeneigt,
Weil, wann das Laster fällt, das Gegentheil stets steigt,
Und wir die Mildigkeit am meisten dann erheben,   15
Wann wir dem schnöden Geitz verdiente Pillen geben.

Selbst mancher Geistlicher hegt nicht die starcke Macht,
So sehr auch das Gesetz in seinem Vortrag kracht;
Kein Straff-Wort kan so leicht der Hörer Hertz be=
wegen,
20 Als wann Satyren erst die fert'ge Geißel regen.
Ihr Streich verfehlet nie: Sie treffen alsobald
Der Lasterhafften Brust, der Blut und Eifer wallt,
Wann, ihrem Stoltz zur Scham, das nagende Ge=
wissen
Ein hart und sichres Hertz, durch sie geweckt, gebissen.

25 Wie hat mich die Natur so oft, so sehr verführt,
Daß dieß, was lächerlich, gleich mein Gemühte rührt,
Und mich mit starckem Trieb zum freyen Sticheln treibet,
Das gerne Niesewurtz in meinen Händen reibet,
So, daß ich mir zur Pein und vielen zum Verdruß
30 In ungezwungnem Reim satyrisch schreiben muß!
Ich sing' Horatzen nach. Vermag mein strenges Spotten
Der Boßheit Höllen=Saat nicht gäntzlich auszurotten,
So seh' und weiß ich doch, daß was die Muse schreibt
Schon manchen Klügling hier in engre Schranken treibt,
35 Der, wann ihm mein Gedicht den wahren Spiegel zeiget,
Den Schweiß vom Kopffe wischt und überwiesen schweiget,
Weil mein gelungner Reim oft seine Blösse schreckt,
Ihn zum Erröthen zwingt, und ihm sich selbst entdeckt.

[99] Du kennest meinen Trieb, wie ich mit kecker Mühe
40 Der andern Narrheit stets in meine Verse ziehe,
Da manches Thoren Nahm', als neulich — —
Zu meinen Zeilen mir die Helfte schencken kan.
Der hasst, der fürchtet mich, weil ich die Wahrheit
schreibe:
Bald will der Heuchler mir mit Fluch und List zu Leibe,
45 Der selbst sich nie versöhnt, sich rächet, nichts vergiebt,
Doch mehr den tückschen Groll, als die Satyren, liebt,
Und nur im Winckel knirrscht. Kaum kan er mich
verlassen,
So eilt die schnelle Hand, die Feder anzufassen:

Des tummen Eifrers Zorn giebt meinem neue Krafft:
Ich setz' ihn ungescheut zur Schellen-Brüderschafft.*) 50
[100] Er wird durch mich entlarvt: ich lehre, für sein Rasen,
Die spätste Folge-Zeit, dereinst ihn auszublasen.
So merck' ich an mir selbst, daß ein erhitzter Muht,
Weit mehr, als Fleiß und Kunst bey Stachel-Schrifften
thut,
Und daß wir vom Horatz sehr viel nicht würden lesen, 55
Wär' er den Pfuschern nicht von Hertzen gram gewesen.
Doch, schreib' ich nicht zu viel? Ach wo gedenck ich hin?
Entfällt mir denn so gar, wie ich beschaffen bin?

---

*) Es gaben gewisse Umstände Gelegenheit, auf die schertz-
haffte Erfindung einer Schellen-Brüderschafft zu gerathen, deren
Mitglieder lauter thörigte Originale seyn sollten, und durch eine
ausnehmende Narrheit sich lächerlich gemacht haben musten. Der
Vorschlag hiezu war dem vertrauten Freunde, an den gegen- 5
wärtiges Schreiben abgelassen ist, sehr angenehm, und man ver-
einte sich mit ihm, die Grund-Gesetze dieses Schellen-Ordens mit
allem Ernste, den eine so wichtige Stifftung erlauben konte, ohne
Verzug abzufassen. Alter und Stand blieben hier, wie in andern
Fällen, grosse Vorzüge, welche den Mitgliedern die Ober-Stelle 10
verliehen. Ich gedencke durch Anführung der Gesetze meiner Leser
Gedult nicht zu mißbrauchen. Nur erwehne ich dieses einigen
Grund-Gesetzes, daß keiner fähig war, in die neue Brüderschafft
aufgenommen zu werden, der sich nicht dieser Beförderung durchaus unwürdig hielte, und nichts weniger glaubte, als in dieser 15
Societät einen Platz zu verdienen. Das Alterthum dergleichen
schertzhaffter Stifftungen beweiset die schon im vierzehn- [100]
ten Jahr-Hundert von Adolph dem Sechsten, Grafen zu Cleve,
1381. nebst andern gestifftete Orden der Narren-Gesellschafft, das,
nach dem Zeilero, vor diesem zu Königssee im Flor gewesene 20
Narren-Rahts-Collegium, die beym Casparo ab Ens befindliche
Statuta Confraternitatis moropoliticae, insonderheit
aber die bekannte Respublica Babinensis, welche in Pohlen
zu den Zeiten Königs Sigismundi Augusti errichtet worden, von
welchen allen weitläufftig nachzusehen Gryphius von den Ritter- 25
Orden, II. Abtheilung, §. XXII. p. 219—236. Selbst zu unsern
Zeiten geriethen einige Frantzosen unter der Regiments-Führung
ihres Regenten auf ein lächerliches so genanntes Regiment do
la Calotte, wovon in dem Theatre do la Foire des le Sage
und D'Orneval ein hinlänglicher Bericht nebst einer Comoedie 30
anzutreffen.

Heißt dieser Augenblick der andern mich vergessen,
60 In welchen ich umsonst bey meinem Vers gesessen?
Der Worte Zufluß macht den frohen Geist zu kühn,
Und ich erwege kaum, wie oftmals sie mich fliehn.

[101]   Freund! ich verheele nichts und kan es dir gestehen,
Mir will die Poesie nicht recht von statten gehen.
65 Sie kommt mir in der That nunmehr verdrüßlich vor,
Obgleich ich sonst bey ihr den Unmuht stets verlohr.
Ich flieh', ich meide sie. Dieß macht mich unzufrieden,
Doch scheint sie von Natur zum Antheil mir beschieden.
Mich hat von Jugend auf ein starcker Zug regiert,
70 Der den gereitzten Sinn zum Dichten angeführt:
Der Kindheit liebster Scherz und kaum verständlich Lallen,
War oft ein Reimlein zart, das andern nicht mißfallen.
Ich nahm zum Zeit-Vertreib die Poesie schon an,
Eh noch der schwache Fuß zum Gehen Krafft gewann,
75 Und eh die kleine Hand die Lettern deutlich schriebe,
Empfand schon meine Brust zu Versen Lust und Liebe;
Weil oft der Alten Lob in meinen Zunder bließ,
Und ohne Schelten mich den Reim verstimmen ließ,
Da, wann des Vaters Mund des Sohnes Blat belachte,
80 Mir gleich ein frischer Muht zum neuen Scherz er-
                    wachte.
So ging ich und mein Reim: ich haßte Lust und Spiel,
Warff Ball und Docke weg und übte Witz und Kiel:
Ein Eifer trieb mich an, in ungestallten Zügen,
Den innerlichen Ruf zum Dichten zu vergnügen:
85 Ich mahlte sonder Ruh auf Banck und Tafel ab,
Was mir mein wildes Feu'r an Wort und Einfall gab.

    Das waren, sprech' ich oft, das waren güldne Zeiten;
Itzt aber muß ich selbst Gedicht' und Satz bestreiten.
Da schien mir, was ich schrieb, noch schön und lesens
                    wehrt,
90 Nun sich anitzt mein Geist oft gegen sich empört,
[102] Und ich so manchen Vers, die Frucht von meinem Fleiße,
Mit murr'scher Ungedult bald ändre, bald zerreisse;

Weil mir ein jeder Tag mit Überführung zeigt,
Wie klein die Anzahl sey, die den Parnaß ersteigt,
Wie viel mir noch an Kunst, Natur, und Zeit gehöre, 95
Bevor ich diese Zahl mit meinem Eins vermehre.
Ach! wünsch' ich scherzend dann, ach! wärst du eben so,
Wie in der Kindheit noch ob deiner Schreib=Art froh!
Wie mancher Dinten=Strich verschonte deiner Lieder,
Käm nur der Selbst=Betrug der ersten Jugend wieder! 100
So gehts. Die Einsicht nimmt mit Zeit und Alter zu,
Und raubt der Poesie die sonst genoßne Ruh.
Da war ich ein Poet: itzt werd' ich nie ein Dichter,
Und bin für meinen Kiel ein unverführter Richter.
Mich rühret Furcht und Scham, so bald ich schreiben soll; 105
Ich dichte Seit und Blatt mit banger Feder voll,
Und lasse, wann ich drauf die Arbeit übersehen,
Von dem, was ich gemacht, oft kaum die Helfte stehen.

Je mehr, Geliebter Freund, ich lese, prüf' und weiß,
Je wen'ger lieb' ich mich und meiner Musen Fleiß.   110
Ich bin den Kargen gleich, die Schätz' und Gelder
                                    häuffen,
Doch viel zu furchtsam sind, um etwas anzugreiffen.
Fürwahr, so geht es mir: Der Einfall stellt sich ein,
Doch will er selten nur von mir gebrauchet seyn.
Die Muse darbt bey ihm, ich muß in diesem Leiden 115
Rimantens Überfluß zum ersten mahl beneiden.

Bist du mein wahrer Freund, so gib mir hierin Raht,
Entdecke, wie mein Sinn hier sich zu bessern hat,
[103] Wie mir zu helffen sey, und wie es anzufangen,
Um die Zufriedenheit im Dichten zu erlangen,   120
Mit welcher Kunst und Art man Zeil' und Bogen füll',
Wenn man, wie Rufus thut, sich selbst bewundern will.

Schiebst du die Antwort auf, und willt du mich
                                    vergessen,
So stirbt mein Dichter=Trieb: ich richt' ihm aus Processen
Ein Mord=Gerichte zu: ich weiß es, daß das Gifft 125
Der Zungendrescherey Thaliens Herze trifft:

So soll bald Bartolus die Sorgen unterbrechen,
Die meiner Reime Krafft durch tausend Zweifel
schwächen:
So lad' ich leicht den Kopff mit mancher Ausflucht voll,
130 Die, wenn du mich beftraffft, dein Recht zernichten soll.

[104] XIV.

An Doris.

in frembem Rahmen.

VIRGILIUS. Aen. V. 647.

Divini signa decoris,
5 Ardentesque notate oculos, qui spiritus illi,
Qui voltus, vocisque sonus, vel grossus eunti.

Mein Muht, mein Geiftes Feur erwacht,
Und was mich längft in Gluht gebracht,
Heifft heute meine Liebe fingen.
So vieler Anmuht Uberfluß,
5 Als ich erfreut verehren muß,
Läfft mir so Vers als Wunfch gelingen.

Du giebft dem Reim die fchönfte Zier,
Gefällt nur mein Gedichte dir,
So darf es fich durch dich erheben:
10 Du follt hier meine Mufe feyn,
Auf! Auf! und gib mir Wörter ein,
Um mein Gedichte zu beleben.

[105] Jedoch, wie kan, O Engels = Kind,
In dem man taufend Gaben find't,
15 Die Treu ein würdigs Opffer bringen,
Die Schätze, so man bey dir fchaut,
So dir die Schönheit anvertraut,
Wie du verdieneft, zu befingen.

Wär nicht dein Reitz so ungemein,
  Und könnt' er jemahls edler seyn,   20
So eilt' ich froh, ihn zu beschreiben.
  Itzt aber muß mein treuer Geist,
  So sehr und offt er dich auch preis't,
Dir doch ein grosses schuldig bleiben.

  Entschuldige selbst dieß Gedicht,   25
  Verdamme meine Feder nicht,
Die viel von deinem Ruhm verschweiget.
  Weil dir von diesem, was mich rührt,
  Und von der Hoheit, die dich ziert,
Das wenigste dein Spiegel zeiget.   30

  Vielmehr erzehlt dir diese Schrifft,
  Was dich und mich allein betrifft,
Was mich in Flammen heisset stehen.
  Dieß ist der Schönheit Ungemach,
  Die Liebe folgt ihr immer nach,   35
Sie kan sich selten einsam sehen.

[106] Bereichre, Liebe, meinen Mund,
  Und mache meiner Schönen kund,
Wie sehr und treu mein Hertz entbrenne:
  Daß mir auf dieser gantzen Welt   40
  Nur Doris, Doris, recht gefällt,
Und ich nur sie fürtreflich nenne.

  So lange sich mein Blut noch regt,
  So lange Puls und Hertze schlägt,
So lange bleib ich dir ergeben.   45
  Mich heisst die Klugheit deinen Witz,
  Die Liebe deiner Blicke Blitz,
Die·Treue beine Huld erheben.

  Ruhm, Ehre, Reichthum, Freude, Gold,
  Und was des Himmels Milde zollt,   50
Dieß alles soll mir Doris werben.
  Ihr Wesen sättigt Wunsch und Brust,
  Und aller andern Güter Lust,
Sind doch bey dieser fast Beschwerden.

55 Mich lehrt dein Großmuth-volles Hertz,
Und mich vergnügt dein weiser Schertz,
Dein Umgang wird zur Kraft der Seelen:
Und stünden hundert Schönen hier,
Ich würde meine Doris mir
60 Vor allen doch so gleich erwehlen.

[107] Das Wunderwercke neu'rer Zeit,
Die alte teutsche Redlichkeit,
Ist selbst die Lohe meiner Flammen,
Du willt nicht dies, was treu gemeint,
65 Was mir des Himmels Vorschmack scheint,
Umarmte Richterin! verdammen.

Ein jeder muß, da du so schön,
Dich, Offt-gelobter Schatz, erhöhn,
Denn es gefällt dein Wesen allen,
70 Doch wünsch' ich, könnt' es möglich seyn,
Daß deine Schönheit mir allein,
Und keinem sonsten, wohlgefallen.

Ein tugendhafter Liebes-Neid
Will deiner Anmuht Treflichkeit
75 Vor allem fremden Blick verstecken,
Und wünschte (zürne, Werthe, nicht)
Dein wolgebildetes Gesicht
Nur meinen Augen zu entdecken.

Was du mir zeigst, zeigt mir mein Glück:
80 Die Munterkeit, der Geist im Blick:
Der engen Lippen süsses Saugen:
Der fest umschlossnen Arme Band:
Das sanffte Streicheln deiner Hand:
Die stumme Sprache deiner Augen.

85 [108] Wie froh verfliesset nicht die Zeit!
Die man so schönem Umgang weiht:
Sie giebt sich uns mit Wucher wieder.
Du bleibst mein Engel auf der Welt,
Und was mich dir getreu erhält
90 Ist dein Verstand, wie deine Glieder.

Dies was mein standhaft Hertz entbrannt,
Wird nie durch Kranckheit dir entwandt,
Sie muß hier Macht und Gifft verlieren.
Es würde nur ihr Stoß die Haut,
Nicht was man sonst dir edles schaut,   95
Die Schönheit, nicht die Anmuth, rühren.

Auf! Stellt mir Doris Wangen=Paar
Schon blaß und halb entfärbet dar:
Ich will, wie itzt, es freudigst küssen.
Auf! raubt den Augen Schertz und Macht: 100
Der Reitz, so im Gemüthe lacht,
Wird auch alsdann mich fesseln müssen.

Auch dann so wärst du meinem Trieb,
Auch dann der treuen Sehnsucht lieb:
Verblühten gleich der Wangen Rosen.   105
Mir wüste schon dein kluger Geist,
Den die Vernunfft mich lieben heisst,
Selbst ohne Schönheit liebzukosen.

[109] Allein ich freu und tröste mich,
Die Schönheit lässt ja nimmer dich,   110
Dich, als ihr Bild, gekräncket werden.
Sie sieht ja, denn du gleichst ihr nur,
Nichts ähnlichers in der Natur,
Nichts angenehmers auf der Erden.

Die Unschuld stimmt zur Regung ein;   115
Dies Hertze liebt dich keusch und rein:
Es trennet uns noch kein Gewissen.
So wird ein tückscher Heuchel=Christ,
Der Mücken seigt, Cameele frisst,
Umsonst mein Lieben schelten müssen.   120

Du klügelst nicht, und bist doch klug,
Und unerforschlich ohne Trug
Du suchst stets, Gutes auszuüben.
Fromm bist du, sonder Heucheley,
Leutselig, und doch nie zu frey: 125
Du kannst getreu und züchtig lieben.

Ich weiß nicht, wie es mag geschehn:
So offt ich dich, mein Kind, gesehn,
Empfand ich neue Krafft zum Dichten,
130 Wann, wenn ich Reim und Wort vergaß,
Ich dir nur gegen über saß,
Auf dich die Augen konnte richten.

[110] Offt locket deiner Feder Schertz,
Untadelhaftes Kind, mein Hertz,
135 Dein Einfluß kan den Kiel regieren.
So fliessen, kluge Schöne, mir
Die Liebes=Lieder nur bey dir,
Und nur bey andern die Satyren.

Du selbst wirbst meine Lehrerin:
140 Es unterweist dein Satz den Sinn:
Dein Schluß kan meine Gründe schwächen.
Ich zweifle; doch du legest mir
Durch einen Kuß mein Unrecht für:
Wer darf dir dann wohl widersprechen?

145 O Schatz! worin mein Reichthum wohnt,
O Preiß! womit die Treu mich lohnt,
Wie muß ich, Doris! dich verehren.
Sey ewig meiner Brust geweiht,
Und lasse durch die Danckbarkeit
150 Sich täglich meine Liebe mehren.

Wann dich der Himmel mir nicht gönnt,
Und mich von deinem Anblick trennt,
Was kan ich dann für Glück geniessen?
Itzt tilgest du mit keuschem Kuß
155 Mir auch den bittersten Verdruß,
Und kanst das Leben selbst versüssen.

[111] Laß mir dein holdes Angesicht
Wann mir so Aug' als Hertze bricht,
Nur sterbend nicht das Glücke neiden.
160 So darf ich, kan dein Augen Schein
Des letzten Seuffzers Zeuge seyn,
Weit sanffter von der Erden scheiden.

[112]   XV.

Rede des Photinus an den Egyptischen König Ptolemäum.

aus dem achten Buche des Lucans.

[113]   Übersetzung.

CORNEILLE in feinem POMPEE A. I. S. I.

La Justice n'est pas une vertû d'état,   5
Le choix des actions, ou mauvaises, ou bonnes,
Ne fait qu'anéantir la force des couronnes.
Le droit des Rois consiste à ne rien épargner.
La timide équité détruit l'art de régner,
Quand on craint d'étre injuste on a toujours à craindre, 10
Et qui veut tout pouvoir doit oser tout enfraindre,
Fuir, comme un deshonneur, la vertû qui le pert,
Et voler sans scrupule au crime, qui lui sert.

Der kommt oft in Gefahr, der strenger Tugend
           frohnt,
Die so gerühmte Treu wird endlich schlecht belohnt,
So bald sie einem hilfft dem das Geschick' entgegen,
Den das Verhängniß will in Staub und Asche legen.
  O König! mache dich der schnöden Zweifel frey,   5
Und stimme dem Entschluß der grossen Götter bey:
Sie haben sich erklärt, und dieses soll dich lehren,
Beglückten hold zu seyn, Elende nicht zu hören.
So wenig Sonn' und Stern der fernen Erde naht,
Und Feu'r mit Meer und Fluht jemahls Gemeinschafft hat, 10
So wenig kan sich Recht und Nutzen je verbinden;
Wann Pflicht und Furcht uns schreckt, so muß der
                Vortheil schwinden.
Der Schlösser Bau sinckt ein, des Scepters Macht
              verfällt,
Wann Recht und Billigkeit die Hand zurücke hält.
Der Frevel ist erlaubt, so bald er Cronen stützet,   15
Und den erworbnen Flor mit Blut und Mord be=
              schützet.

Es kan uns die Gewalt, uns darf der Trug erhöhn,
Doch sind sie straffens wehrt, wenn wir sie nicht begehn.

[115]   Wer fromm und reblich ist, muß Hof und Pallast räumen,
20   Der Staats-Kunst eckelt stets vor den gemeinen Träumen.
        List, Kühnheit, Muht und Macht dient ihr statt aller
                                        Pflicht:
        Bey herrschender Gewalt besteht die Tugend nicht:
        Von der Gerechtigkeit wird ihr das Hefft entrissen:
        Wer Unrecht scheuen will, wird stets sich fürchten müssen.
25   Pompejus sieht vielleicht dein Alter spöttisch an,
        Und meynt, daß er in dir der Jugend trotzen kan,
        Als dürft' Egyptens Fürst mit den getreuen Heeren,
        Selbst Uberwundenen die Landung nicht verwehren.
        Wiewohl er stellt sich hier nur zur Bestraffung ein:
30   Dein Scepter soll noch nicht des Fremden Beute seyn.
        Danckst du, mein König, ab, legst du die Crone nieder;
        So gib der Schwester dann des Niles Herrschafft wieder.
        Denn sie gebührt ihr mehr: Allein der Römer Blut
        Und unsrer Schaaren Sieg erstickt den Ubermuht:
35   So lang noch Kampf und Streit kan Feinden widerstehen,
        Soll sich Pompejus nicht Egyptens Meister sehen.

        Wie? daß der Flüchtling itzt dieß Reich zum Schutz-
                                        Ort sucht,
        Den alle Welt vertreibt, dem Glück und Himmel flucht,
        Der, weil kein Hoffnungs-Grund ihm übrig ist gewesen,
40   Zur Zuflucht dieses Land (verdammte Wahl!) erlesen,
        Bis noch des Krieges Last, wann ihm sein Wunsch nicht
                                        glückt,
        Zum Lohn für unsre Huld ihn und dieß Volck erdrückt.
        Bis ein verdienter Fall ihm Stoltz und Leben kürtzet,
        Und zu den Schatten bringt, so dieser Krieg gestürtzet.
45   Ihn soll die Flucht nicht nur des Eydams Schwerdt'
                                        entziehn:
        Er muß sein Vaterland; er muß den Raht schon fliehn,
[117]   Wovon ein grosser Theil, vom letzten Streit verzehret,
        Die Geyer um Pharsal mit seinen Aesern nähret.
        Er, der sein eignes Volck befürchtet und verläßt,

Scheut itzt die Könige, der Reich sein Raub gewest,   50
Und der Vertriebene hängt sich an unsre Staaten,
Weil sie die einzigen, die er noch nicht verrahten.

    Verdient ein solcher Schutz? Nein, König, uns kömmt zu,
Daß man ihm Abbruch zwar, doch keinen Vorschub thu,
Nicht durch unnöthgen Krieg Egyptens Ruh verletze,   55
Noch selbst sich in Verdacht beym mächt'gen Sieger setze.
Wo denckt Pompejus hin? Wars eben unser Land,
Das er vor anderen bequem zum Rückhalt fand?
Daß, nach verlohrner Schlacht und widrigem Gefechte,
Er seine Straff' und Noht auf deine Scheitel brächte.   60
Das Mitleid, so du fühlst, verführt nur deine Brust,
Weil du dem Raht zu Rom nicht widerstreben must:
Es hat dich dessen Gunst das Reich erhalten lassen,
Und dies verbindet dich, jetzt seinen Feind zu hassen.
Sein Tod, sein Untergang, und nicht unzeitge Huld   65
Befreyt uns der Gefahr, und tilget unsre Schuld.

    Nicht ich, nein, das Geschick' ist wider dich ergrimmet:
Der Stahl, der dich nun trifft, war Caesarn selbst
                                            bestimmet,
Und greifft, nachdem sein Glück dem deinen abgewann,
Pompejus! itzt in dir den Uberwundnen an.   70
Wir selber wünschten offt, nur deinen Sieg zu hören;
Doch wollen wir allein nicht dein Verhängniß stöhren.
Das Schicksahl, so dir gram, verfolgt dich überall,
Wir sind sein Werckzeug nur bey deinem Tod' und Fall.
Wie, träumst du, daß man dich mit Unfug itzt beleidigt,   75
Nun dieses uns erlaubt, nun niemand dich vertheidigt?

[119]   Armseelger! welcher Wahn verwirret deinen Geist,
Der dir in unserm Reich die sichre Zuflucht weis't?
Soll der Egyptier, der unbewehrt ist, kriegen?
Der selbst kaum starck genug, sein eignes Land zu pflügen, 80
Dieweil der Himmel uns nicht so viel Volck gewährt,
Als hier die Fruchtbarkeit zum Ackerbau begehrt,
So offt der schnelle Nil die Erd' erweicht und träncket,
Und seiner Wellen Fett den dürren Feldern schencket.

85 Mein König! dieses ist für deine Macht zu viel:
Die Schwäche deines Reichs setzt dir ein kurtzes Ziel.
Herr! schmeichle dir nicht selbst. Wird dein unkräfftigs
Wollen
Den Fall, der ihn und Rom erdrücket, hemmen sollen?
Du bliebst mit höchstem Fug gleichgültig vor der Schlacht:
90 Wird itzt dein Reich von dir zum Tummelplatz gemacht,
Drin Unruh, Krieg und Wuht uns, wie die Feinde,
plündert,
Und was Pharsal erhielt' auf dieser Schlachtbanck mindert?
Du hängst Pompejen an, und wehlst dir selbst die Last:
Er, den die Welt verlässt, wird itzt dein Freund, dein Gast.
95 Kennst du den Caesar nicht? Ist er gewohnt zu weichen?
Sein Rach-Schwerdt wird gewiß dich früh genug erreichen.
Dann bieten wir mit Recht Unglücklichen die Hand,
Wenn man sich schon vorher zu Glücklichen bekannt:
Bedrängte hat man nie zu Freunden sich erwehlet,
100 Und, wenn man es gethan, mit Schaden stets gefehlet.

[120] XVI.

Anhang

eines Französischen Sonnets.

PORTRAIT D'IRIS.

ENNIUS.

5 Quasi in choro pila ludens
Datatim dat sese et communem facit.
Alium tenet; alii nutat; alibi manus
Est occupata; alii pervellit pedem:
Alii dat annulum spectandum; à labris
10 Alium invocat, cum alio cantat, et tamen
Alii dat digito literas.

Donner mille baisers sans avoir de tendresse,
Jetter des doux régards, recevoir des présens,
Aimer par interêt, et estimer l'encens,
Penser comme Thais et parler en Lucrece:

Se pamer par amour et tomber par foiblesse,
Temoigner son esprit en discours medisans,
Mentir à chaque mot, jurer des faux sermens,
Donner des rendevous et cocqueter sans cesse :

Composer son visage et farder ses attraits,
Se faire injurier et n'en rougir jamais,
Etre fausse et encor feindre d'être pucelle :

Badiner de son mieux, passer ses jours en ris,
Se plaire à son miroir, chercher le nom de belle ;
C'est dire en un Sonnet comment vid ton Iris.